saikyou ranking ga aru isekai ni seitotachi to
syuudanteni shita koukoukyoushi no ore,
mob kara kensei eto nariagaru.
最強ランキングがある
異世界に生徒たちと
集団転移した高校教師の俺、
モブから剣聖へと成り上がる2
author 逆霧
illustrator 東西

君《きみ》島《じま》結《ゆ》月《づき》
重人と共に転移した女子生徒。
重人と共に魔物の巣窟から生還する。
自分を助けてくれた重人に思いを寄せ、
彼の力になることを望む

楠木《くすのき》重《しげ》人《と》
高校教師。教え子と共に異世界に転移する。
規格外の剣術により、最強ランキング
上位二桁――「天位」に駆け上がった
桜《さくら》木《ぎ》美《み》希《き》
重人の教え子。序列二位の
上位精霊・聖戴の加護を持つ。
同期の仁科と共に結月達を助けに行き、
ドゥードゥルバレーで再会した

CONTENTS

最強ランキングがある異世界に生徒たちと集団転移した高校教師の俺、モブから剣聖へと成り上がる2

逆霧

ファンタジア文庫

3371

口絵・本文イラスト　東西

最強ランキングがある異世界に生徒たちと集団転移した高校教師の俺、モブから剣聖へと成り上がる2

saikyou ranking ga aru
isekai ni seitotachi to
syuudanteni shita koukoukyoushi no ore,
mob kara kensei eto nariagaru.

author 逆霧 illustrator 東西

第一章　一難去って

ギャッラルブルーから生還してから数日が経《た》った。

俺達の救出に来てくれたカミラはそろそろ州軍本部があるヴァーヅルへ帰るという。そんな中、俺は一人カミラに呼ばれていた。

ドゥードゥルバレーの州軍の詰所にあるヤーザックの執務室に入るとカミラとヤーザックの二人が俺を迎える。

「どうだ？　疲れは取れたか？」

「はい。色々と有難《ありがと》うございました。仁科《にしな》や桜木《さくらぎ》のことも感謝しております」

「まあそう畏《かしこ》まるな。お前は前代未聞《ぜんだいみもん》のことをやってのけたんだ。転移して大して階梯《かいてい》も上げずギャッラルブルーからの生還、そして天堕《お》ち。未《いま》だに信じられんよ」

俺が礼を言うとカミラは半分呆《あき》れた様に笑いながら言う。俺はずっと必死で夢中で逃げてきただけだ。結果としてはそうなったのかもしれないが、君島《きみじま》にだって多くのことを助けられてきた。俺一人で成し遂げたことでもない。

俺の困った様な顔を見てカミラは肩をすくめる。

「まあ良《い》い。ことの重大さはおいおい分かってくるだろう。それでだ。発《た》つ前に今後のことを少し話しておきたくてな」

「話、ですか？」

「ああ……。お前が堕とした天位《てんい》の話だ――」

カミラが言うには、俺が倒した天位の男、カートンはディザスターという冒険者の一団に所属しているという話だった。ディザスターは冒険者の中でも天位を二人擁するグループとしてかなり有名だったという。そしてもう一つ。その悪名も。

ディザスターの構成人員は五名。その五人が義兄弟として活動しており一人一人が全て高位のランカーだという。

俺が倒したカートンはその五人のうちの第二席。二番目の順位が付けられ、第一席のゴードンはランキング七十三位の猛者《もさ》だという。

「そのゴードンという男が俺を狙うと？」

「ディザスターのうちゴードンとカートンは同じワーウィック人だ。ワーウィック人は同族意識が強くてな。仲間が殺《や》られればかなりの確率で動くと考えている」

ワーウィック人はカートンもそうだったが二メートルを超える大柄な体の人種だ。それだけに力も強く身体的な能力に秀《ひい》でているという。性格は豪快。時として野蛮な蛮族だと見られることも多いようだ。

「順位で言ってもゴードンはカートンより強いと考えるべきだ」

「……はい」

ギャッラルブルーからなんとか生還してホッとしたのもつかの間。すでに次の難題を掲げられた俺は頭を抱える。

「それでだ。シゲト。お前は連邦軍の所属にしようと思う」

「連邦軍、ですか？」

「今回のことで、タカトとミキの二人は州軍に入ることは決まってる。お前とユヅキもそれを望んでいることは聞いているが、それではあまり意味がないと思う」

「意味が？　連邦軍の方が都合が良いのですか？」

「そうだ。この世界では天位を望む多くの者が、今回のお前がやった様に天位を倒すことで自分が成り上がろうと考えている」

「そ、そんな……」

「想像するだけできついだろ？　だが連邦軍所属となれば話が変わる。お前を倒そうとすることは国に喧嘩《けんか》を売ることになるからな。抑制力になるんだ」

「なるほど。確かにそういう話ならお願いしたいです」

「とりあえず本部に帰ったら話をすすめるぞ」

「よろしくお願いします」

「それでもお前らは少しでも階梯を上げておけ。強くなることがこの世界での生きる道だ」

その日カミラは州軍を引き連れ、ヴァーヅルの街へ帰っていった。

◇◇◇

リガーランド共和国、首都フェーデの街は海に面した港町だった。街の規模で言えばグレンバーレン王朝の首都シュメールに次ぐ街として知られていた。

そのフェーデの街の繁華街の一軒の居酒屋で一人の男が店の隅のソファーで酒を飲んでいた。一見してワーウィック人と分かるその大きな体にしてもその酒量は異常だった。男の前に酒を運んだ店員が恐る恐る声を掛ける。

「そろそろこのくらいにしておいたほうが……」

「……酔えねえんだよ。もっと強い酒はねえのか?」

「しかし……」

「分かってるんだろ？　金ならある。心配するな」

男が金を持っていることは店員も分かっている。この街の人間なら男の名前を知らない人間のほうが少ない。「天位」ゴードンだった。

ゴードンはディザスターという悪名高い血盟の第一席であり、ディザスターの第二席カートンが天堕ちした話はすでに広まっていた。機嫌が悪いと踏んだ店員が店の奥まった席に通していたのだが。

乱暴に店の扉が開き、ガヤガヤと冒険者の一団が店内に入ってくる。

「聞いたか？　カートンの話よ？」

「ああ、ディザスターもザマアねえなぁ」

「ホントだぜ。いつも好き勝手やってるからな、自業自得《じごうじとく》ってやつじゃねえのか？」

「それにしても転移してきて一ヶ月もしねえやつに殺られるとはな。ワーウィックってのは見掛け倒しなんじゃねえの？」

一団はすでに酒が入っているのだろう。カートンの天堕ちを酒の肴《さかな》にし、盛り上がっている。店員は真っ青になってゴードンの方をうかがう。

ゴードンの目に剣呑《けんのん》な気配が漂う。

「ゴードン様、その、落ち着いて――」

「どけ……」

ゴードンは立ち上がると冒険者達の方に向かっていく。一人の冒険者がゴードンの存在に気づき目を見開く。しかしゴードンに背を向ける男は気づかずに話を続ける。

「意外とゴードンの野郎だって大して——」

「お、おい」

「あ？　なんだ……ひっ」

「ワーウィックがなんだって？」

「いやっ……その……」

「俺が大して、なんだ？」

パキッ。パキッ。ゴードンの腕を岩石が覆っていく。こうなったら止められる人間などここには居ない。店員も諦めた様にゴードンから離れる。

「誰をやればいい？　一人選べ」

「なっ」

絶望的な状況だったが、男達もそれなりに実力のある冒険者だった。仲間を売れと言われ易易《やすやす》と売る様な真似《まね》はしない。

「くっ……。いくら天位とは言え、こっちは四人だぞ！」

「ゴミが四人集まったところでゴミだ」

「なっなめるな！」

「おめえらが届かねえ高みを天位と言うんだよ」

パキッ。パキッ。ゴードンを覆っていく岩石は更にその範囲を広めていく。男達が一斉に得物を手に斬りかかる。しかしゴードンは涼しげにその攻撃を受ける。

やがて自分達の攻撃が効かないことに気づき、その顔は絶望に沈んでいった。

「満足したか？」

振り上げられたゴードンの腕が男達に襲いかかる。

第二章　ドゥードゥルバレー

森の中に嫌な気配が充満する。

何度目かのその気配に、俺は君島と視線を合わす。

「来るぞ。警戒しろ」

「また上級の魔物ですか？　今日二回目じゃないですかっ！」

仁科も緊張した様に周りに気を配る。

四人が息を潜ませ、物音を立てない様に周りの気配をうかがう。俺は腰を落とし、右手で柄《つか》を抑え、親指を鍔《つば》に掛ける。

ザザザ……ザザザ……。

かすかに胴ズレの音と、枯れ葉が潰される様な音が聞こえる。この音は間違いなく、ホーンドサーペントだ。頭に角を持つ大蛇だ。やがて、移動する音が消える。体をバネの様にグルグルと巻き、飛びかかる前動作を行っているのだろう。木々の向こうの方で隠しようもない殺気と、山の様な魔力が渦巻いていた。

「来る……」

まっすぐ俺に向かってくるとは限らない。それでも生徒達は俺の後ろで身を守っている。俺は背中に生徒たちを感じながら、腰を落としたまま鯉口《こいぐち》を切る。

集中する意識の中、俺の索敵能力も跳ね上がる。藪《やぶ》の中で見えないはずの魔物の姿が頭の中で紡《つむ》がれる。ホーンドサーペントは極限まで引かれた弦《つる》が放たれる様に、一気に俺に向かってその身を放つ。

道の先にある枝葉を吹き飛ばしながら、やってくる殺意の塊も、集中する意識の中ではあまりにもゆっくりだ。グッと少しラインを外し避けつつ抜刀する。大蛇の体の構造にはあまり詳しくないが、首の辺りを落とすつもりで刃を入れる。

魔力の凝縮された刃は、まるで抵抗などないかの様に大蛇の体を抜け、そのまま大空を切り上げる。


「もう荷物もいっぱいですね」

「そうだな、しょうがない。今日は早いけど帰るか」

得物を仕留めれば解体が始まる。この世界の魔物の素材は様々な物に使われる。そしてその素材を俺達が世話になっているデュラム州軍に提供する。

俺達は自由に階梯《かいてい》上げをさせてもらえているが、それだけは大事な決まりとして行う様に言われていた。領地の大部分を失い、金銭的にも困窮しているデュラム州では、州軍の維持のために魔物の素材等《など》の売上が必要になってくるのだ。

仁科《にしな》と桜木《さくらぎ》はギャッラルブルーに転移した俺達を救うためにデュラム州軍を頼った。そしてその条件として、救出した後は州軍で働くことを約束したという。

俺としては、自分のために生徒達の進路が決まってしまったことにいささか抵抗は有ったが、当の二人はデュラム州軍に属することに前向きだった。

「デュラム州軍ってなんか凄《すご》い緩いんですよ。ほとんど冒険者達みたいで、キッチキチに規則に縛られる軍隊とはぜんぜん違うから、居心地もいいし、むしろラッキー」

とのことだ。

確かに、俺や君島《きみじま》も、二人と一緒にデュラム州軍にお世話になっているが、今のところ全く不満はない。それどころか最近は居心地の良さを感じるほどだ。

解体作業をしながら桜木が俺を見つめてつぶやく。

「でも、上級の魔物を先生が狩っていったら、私達より早く階梯上がっちゃいそうだよ」

「どうなんだ？　もう五階梯だからな。流石《さすが》にそうは上がらないだろう」

「早く私も階梯上がらないかなあ」

生徒三人を見ていると、まるでゲームのレベル上げの様に階梯上げに夢中になっている。幸い仁科が治癒魔法に特化した守護精霊を得ているのもあり少しの怪我《けが》など気にしていないのだが、見ていてハラハラすることも多い。

それでも、地球から転移してきてそれなりに楽しそうにしている生徒の存在は俺としては救われる気持ちだ。

その中で一つだけ気がかりなことがあった。

小日向《おびなた》のことだ。君島が転移の魔法陣を使おうとしたときに、神官を妨害しギャッラルブルーに飛ばした。それは通常なら殺人罪に該当するレベルの罪になるという。しかし異世界から転移してきたばかりの俺達には、この世界の罪がまだ適用はされないという。

それでも要注意転移者として、新大陸の開拓している土地に飛ばされたらしい。

小日向は元々反抗的ではあったが、この世界に来て危険な精霊の守護を受けた。その精霊の影響であれば、そんな物は小日向のせいじゃない。それに振り回されない様に導くのが教師である自分の役目だったのじゃないのか……。そう頭の中で繰り返される。

小日向のやったことは決して許されることではない。しかし小日向はそれでも自分の生徒であることには変わりはなかった。

俺は如何《いかん》ともし難《がた》い葛藤に苛《さいな》まれていた。

「先生、ありがとうございました」

「ああ。でもまあ俺だって一人じゃ狩りは出来ないからな」

「何言っているんですか、天位《てんい》様が……ぶっ」

「ちょっ。仁科っ。笑うなって」

今回俺が天位になったことをちょこちょことネタにされている様な気もする。この世界に来て色々と苦労している中で、それで空気が緩むのならそれはそれでいいと思うが。

仁科と桜木が自動的に州軍の所属となり活動していくのと同時に、俺と君島も同じ様に仁科と桜木と共に行動をしている。カミラが言う様に連邦軍所属の州軍預かりという立場にしてもらえれば、仁科や桜木と一緒に行動できる予定だ。

魔物を受付に預け、狩りの獲物の精算を待っている間にヤーザックから部屋に来てくれないかと声を掛けられる。

「ああ、シゲト先生よく来てくださいました」

相変わらずヤーザックは腰が低い。君島達が俺のことを「先生」と呼んでいるからか、いつの頃からか俺のことを先生と呼ぶ様になっている。

「どうしましたか？　何かありました？」

「いえ。今の所何も問題はないです。ただ、少し冒険者がやってきて戦いを挑まれたりした時の対応について説明をしておこうかと」

そう言うと、ヤーザックは天位の置き換わりについての話をし始める。置き換わりは基本的に正々堂々とした戦いを行わないと起こらない。この世界のランキングシステムだと、ちゃんとお互いに力を出し合っての戦いでないと置き換わりが起きないようだ。

その為《ため》一番大事なことは戦いを挑まれた時に絶対受けないこと、らしい。

その代わりに挑戦者は手を替え品を替え、俺のことを挑発してくるだろうということだった。だからそれに取り合わなければそこまで問題になることはないだろうと。

そう聞くと安心はするのだが、俺と戦うために無茶をする奴《やつ》も居ないとは限らない。

そんな話を聞くと、俺がちゃんと連邦軍に所属させてもらえるかが不安になってくる。

「それは問題ないと思いますよ。ただ少し確認などは行われると思いますが」

ヤーザックの見立てだと俺の所属を断られる様なことはありえないという。

実際連邦軍にも天位が四人程在籍しているが、列強諸国と比して連邦国には所属の天位数は明らかに少ないらしい。その中で天位の数が国軍の強さの指標にもなるため連邦軍が重人《しげと》の入軍を断ることはないのだという。

まるで核兵器の保有数のようだ。

礼を言い、ヤーザックの部屋から出るとそのまま君島達に誘われて食堂に向かう。この街にはまだ食事の選択肢が無く、州軍の賄いを食堂でいただく日々だ。携帯食続きのあの逃亡の日を考えれば全然ありがたい話なのだが、少しだけ異世界の色々な食文化を味わってみたいという気持ちもある。

「私も連邦軍預かりにしてもらえないかな……」

「え？　いや、君島だったら問題ないんじゃないか？　俺なんかよりよっぽどの大精霊の守護を貰《もら》っているんだし」

「う〜ん、聞いてみようかなあ」

「何処《どこ》に就職するかはやはりお前達の希望を優先するべきじゃないかな。現在の領地を追われて懐《ふところ》事情も厳しそうな州軍より連邦軍の方が給料も良さそうだしな」

君島に答えていると、何やら仁科と桜木が意味ありげに顔を見合わせている。

「先生〜。先輩は別に給料とかどうでも良《い》いんだと思いますよ？」

「そーですよー。何を言ってるんですかー」

「ん？　でもこんな先が保障されるかもわからない世界だ、大事だろう。そういうのも」

「いやあ……そうじゃなくてですね──」

「仁科君！」

「あ、す、すいません……」

仁科が何かを言おうとしたところで、君島に注意を受ける。それを見てようやくことの成り行きを理解する。

「ま、まあ。なんだ。俺の審査に連邦軍の人が来るだろうと言ってたから……。聞いてみても良いかもな」

俺達は、食事が終わると厨房《ちゅうぼう》に食器を持っていく。食堂は学食の様な形になっていて広めの食事スペースにオープンキッチンというスタイルだ。厨房では他の兵士達の為に忙《せわ》しく調理人達が働いており、その長いカウンターの端のほうに食器を返すところがあった。

「ごちそうさま」

声を掛け、食器を返していると、小中学生位の小さな子が食器を洗っていた。俺達の声に振り向いたその子は俺の方を見ると目を大きく見開き固まる。

「……あ、美味《おい》しかったよ」

「あ……天位様……」

「え？　ははは……」

天位というのは子供にも憧れの存在だって言う話だが、ほんとに名前負けしていて申し訳ない。俺は照れ笑いで場を誤魔化す。

「ビトー！　手が止まってるぞっ！」

「は、はい！」

子供はすぐに奥にいた料理人のおじさんに怒鳴られ、食器洗いに戻っていく。それを確認すると料理人が低姿勢で謝ってきた。

「すいません、失礼なことを……」

「いや、全然気にしてないですから……彼は？　まだ小さいようだけど」

「彼？　……ああ、ビトーですか。祖父《じい》さんがこの街に住んでいたらしくてですね、街が奪還出来たんで帰郷組ですな」

「帰郷？　それでもう働いているのですか」

「なんでも身寄りがないようでしてね、仕事をって言ってもこの街じゃなかなかねえ……」

「あんな小さい子が独りで……」

料理人が言うにはそんな話も珍しい話じゃないという。確かにこんな魔物が跋扈《ばっこ》している世界じゃ、孤児というのも多いのかもしれない……。

ドゥードゥルバレーの周囲は、以前と比べてだいぶ魔物の強さというのは落ち着いてきているという。現れる魔物の多くは低級の魔物だということだった。

効率よく階梯を上げるには、弱すぎず、自分が戦えるギリギリのラインがいいと聞くが、ドゥードゥルバレーから少し進んだ辺りが今は丁度いい様な話だ。

俺は五回も抜刀をすれば魔力が切れる特性上、上級の強いやつらを倒したほうがより効率が良いと言われるが、なかなかそこまで踏み入れるのは厳しい。

今は素養の高い生徒達の階梯を少しでも上げて、多少の魔物に出合っても戦える強さを持ってもらいたい。

ガタゴト……。

騎獣が引く荷獣車の様な簡素な車に乗って街道を進んでいく。俺達が乗っているのは、軽トラックの荷台の様な屋根のない荷獣車だ。左右両脇にベンチの様に段差がついていて、俺達は向かい合って座っている感じだ。

州軍は現在、周囲の魔物を間引きながらこの街道の補修も行っている。この先にある次の村を取り戻す為に獣車でそのまま行ける様にするのが目的だという。

補修が済んでいない道はだいぶ荒れており、結局そこまでしか獣車では行けない。行ける所まで獣車で行き、残りは歩いて狩場まで行く感じだ。

こうやって俺達はいつも街道整備の州兵達に狩場まで送ってもらっていた。

ガタゴト……。

道は舗装されているとは言えかなり凸凹がある。サスペンションも大した機構ではないためかなり揺れる。階梯《かいてい》が上がることで体も強くなり、尻が痛くなる様なことはないが、具合の良い物ではない。

しばらく獣車の上で揺られていると、ふと君島《きみじま》がカバンの蓋を開け中からメラを取り出す。そしてメラを両手で摑《つか》んだままメラの体を荷車の車体の外に出した。

……ポトッ。

糞《くそ》だ。メラは排泄物《はいせつぶつ》を出すと何事もなかったかの様に再び君島のカバンの中にしまわれる。何処と無くシュールな光景に俺と仁科《にしな》は苦笑いを浮かべる。

「それって、メラの声が聞こえるのか？　トイレに行きたいとか」

「いえ、なんとなく気持ちが分かるんです」

「な、なるほど……」

メラはギャッラルブルーから俺と君島で逃げてくる時に拾った卵から孵《かえ》った鳥の雛《ひな》だ。

どうやらファイヤーバードという種の魔物らしい。

ファイヤーバードは成体が瀕死《ひんし》になると卵を産み、その卵を孵す為に自らの身体《からだ》を燃焼させてその熱で卵を孵化《ふか》させる。その時点で親鳥は死んでいる。そして卵から孵って最初に出会った者と精神的なリンクが繋《つな》がり、自分を育てる親代わりにするというのだ。

それゆえに、貴族などがこぞってそれを求め、市場に出せばたちまち取り合いとなる貴重な魔物になっている。

カートンが「ファイヤーバードも逃がしちまった」と言っていたが、傷を負い逃げてきたファイヤーバードがあの場所まで逃げて死んだのだろうと考えればつじつまは合う——。

メラにトイレの躾《しつけ》もすませると、カバンの中で便意を感じたメラの意思がそのまま君島に伝わり、こんなシュールな図が展開する様になった訳だ。桜木《さくらぎ》はどうやらそれがどうにも羨ましいらしく、事あるごとにファイヤーバードが居ないかと探していた。

それを見た州兵が教えてくれる。

「まあ、そんなにペットが欲しけりゃ、クロックバードの方が現実的じゃねえすかね」

「クロックバード？」

「似た様な他人に育児を任せる魔物ですわ。ほかにも何種類かいるけど、街で一番手に入りそうなのはクロックバードですかねえ」

「へえー。いーじゃない！　うんうん」

ファイヤーバード以外にも同じ様な養育システムを持ち、ペットにできる魔物がいる話をする。嬉《うれ》しそうに聞いている桜木はこの感じだと買ってしまいそうだ。

「さてここら辺ですかね」

ある程度の場所で獣車を止める。ほかの獣車も一緒だ。

「ありがとうございます。それじゃあ行ってまいります」

「おう、気を付けろよ」

「はい、皆様も気を付けて」

まだ州軍のメンバーの顔と名前を覚えきれていないが、作業員や護衛の兵士達は気軽に軽口をたたき合う。この感覚がきっと仁科と桜木は気に入ったのかもしれない。口は汚いが、お互いへの気遣いも忘れない。気持ちの良い関係だ。

今回は俺達に一人の州兵がついて来ていた。実は俺達の解体する素材の状態があまり良くなく、もっと高く売れる様にと解体の指導をしてくれるということだった。

荷獣車から降りて体を伸ばしたり準備をしている間に、なんとなく作業が気になって見ていると、州兵が不思議そうに聞いてくる。

「旦那、興味あるんすかい？」

「そうですね、僕らの世界にもアスファルトはあったんで。なんとなく気になって」

「なるほど、温めると溶けて、冷やすと固まる。不思議な油ですわな」

おそらくどこかの世界からやってきた人間がアスファルトの使い方を広めたのだろう。原料は同じ連邦国内に採掘場があるようで安あがりなようだ。

「先生？　行きましょうよ」

作業を見つめて、だいぶボーっとしていたのだろう。しびれを切らした生徒達に急《せ》かされる。俺は慌てて先に行く生徒達を追いかけた。

話によると桜木の階梯が上がった時の反動は、かなり酷《ひど》いらしい。君島は俺が見た感じだと半日、五、六時間眠りにつくようだが、桜木は更に長いようだ。聖戴《せいだい》を守護に持つゆえということなのだろう。俺なんて一時間弱、体がほてる位の感じなのに。

ちなみに仁科はだいたい君島と同じ感じのようだ。

いつもの様に生徒達三人で魔物を狩っていく。俺の命を狙っている者が居るなんて聞けば俺も上げられるのなら上げたいのだが、抜刀出来る回数が少ないためあまり無駄撃ちが出来ない。いざ上級の魔物が出てきたときのため魔力を温存したい。というのがある。そのための護衛であるのだし。

「ほら、もっと一気に差し込まないと。躊躇《ためら》えば躊躇うほど状態が悪くなる」

「は、はい」

そして魔物を倒した後は、解体作業だ。

州兵の指導を受けながら魔石を取り出す。魔物の死体から魔石を取り出すのは技術的にもなかなか難しい。そして現地の戦士達から見ればそれが大事な仕事だから絶対手抜きはさせない。階梯上げに付添的に付いてきている俺もやらされる羽目になる。

う……。少しは慣れてきたが。手が血だらけになるのはどうしてもいただけない。日本の感覚的に何か怖い病原菌にでも伝染《うつ》らないかと心配になってしまう。

ようやく解体も終わると君島が生活魔法で水を出してくれる。

「先生、水を出しますね」

「お、ありがとう」

「先生の切り取りかたキレイですね」

「そ、そうか？」

「はい」

あまり褒められて嬉しいのか分からないが、料理で魚くらいは捌《さば》けるからな。関係在るのか？　今回の魔物はダーティーボアというイノシシに似た獣のタイプの魔物だ。それゆえに食料にもなるというのでかなり細かく切り分けバッグに入るサイズにして持ち帰る。

君島の足元ではメラが、嬉しそうに分けてもらった肉片をつまんでいた。

「……うまいか？」

「ピヨッ！」

「そ、そうか……」

当初より俺に慣れたのか、攻撃的な感覚が無くなり、俺も近づける様にはなってきたが……。くちばしを血だらけにして旨《うま》そうに肉をついばむ姿は完全に猛禽《もうきん》類のそれだ。

デュラム州は五十年前の大モンスターパレードにてその領地と人民の多くを失った。現在の政府も暫定政府的な扱いだ。当然税収も少なく、とても豊かとは言えない状況になっている。それでもこれだけの州軍を維持しているのは、この様に魔物の素材を集めて売ることで収入を得ているためだ。

戦士達の規律もゆるく、とても正規兵に見えないというのはそこらへんからくる。言ってみれば、他所《よそ》の国の冒険者達と変わらない生活をしているのだ。外からは「あいつらは魔物への復讐《ふくしゅう》心でギラギラしてる」と言われているらしいが、実情は自分達の階梯上げと食いぶちのために魔物狩りを続けている様な状況だった。

その後もしばらく狩りを続けていると、君島の体調に変化が現れた。

逃亡している時にもたまに魔物と戦っていた君島は仁科や桜木と比べて経験値がある程度溜《た》まっていたのだろう。はじめに四階梯にたどり着いたようだ。

「ここは先生ですね」

「え?」

仁科が意味ありげに俺のほうを見る。すでにフラフラになり今にも寝てしまいそうな君島が俺にもたれかかってくる。

「よろしく……お願いします……」

「お、おお……」

「じゃあ、今日はここまでじゃの。旦那、お嬢さんを頼みますよ」

「え? は、はい」

そのまま俺が君島を背負うことになる。何もない振りをしていても、背中に背負えば女性特有の柔らかさを罪悪感とともに感じてしまう。さらに仁科と桜木が後ろでニヤニヤとしているのを察知するが……怒るに怒れない。

街道までたどり着くと、街道の補修はまだ済んでいなかった。座布団《ざぶとん》や着替えなどを敷いて俺達の乗る予定の荷獣車に君島を寝かすと皆が帰る時間まで作業などを見物していた。やがてまだ温かく湯気が立つアスファルトのモワッとした空気の中、作業が終わりようやく帰路につく。体をそっと起こし俺の横でもたれさせる様にして座らせる。やはり揺れはあるため、横から抱く様に支えてやる。

……やはり目の前に座る仁科と桜木の目は笑っていた。

帰る頃にはもう辺りは暗くなり始めていた。それでも、詰所などの周りは魔道具と思われる街灯などもぽつぽつと設置してあるため割と普通に活動はできる。

階梯上げの狩りに出た後はそれなりにやることがある。取れた魔物の素材は州軍の物になる。それを詰所に納品して簡単な報告書を出さなければならない。

「先生僕らがやっておきますので、先輩を宜《よろ》しくお願いします」

「ん？　よろしくと言われてもな……女子の宿舎には流石《さすが》に……」

「先生の宿舎に連れていけば良いじゃないですかー。先輩も喜びますよ？」

「お、おい。おまえらっ！」

「ふふふ。先生も早く自宅を手に入れたいですね～」

「からかうなって……」

と言っても今までの感じから考えてあと一時間もすれば目を覚ますだろう。荷獣車を管理しているおじさんに頼んで、荷獣車置き場で目を覚ますまで寝かせてもらう。

……そっと君島《きみじま》の腕を見るが神民録《しんみんろく》の数字が出ていない。俺はそのまま視線をずらし、穏やかに眠る君島の顔をぼーっと見つめる。

……。

……やっぱり美人……だよな。

やがて少しずつ顔色が良くなってきた君島の顔を見ながらふとそんなことを考えてしまう。俺は慌てて首を振り邪念を払おうとする。

……ん？

振り向くとサッと隠れる影が見えた。……まったく。仁科《にしな》と桜木だ。どうも俺と君島をくっつけたい様な行動が最近多すぎる気がする。一度ちゃんと注意するべきか……。

だが、今の俺は立場を盾になんとなく君島を受け入れてないだけだ。ちゃんとはっきりとした拒絶をした訳でもない。そういうあやふやな態度が悪いのはわかっている。

だけどな……。今に至っても俺の左手に嵌《はま》ったままの腕輪に目をやる。外さないでと君

島にお願いされ、そのまま着けたままだ。そしてこの腕輪の意匠と同じ指輪を君島も持っている。君島は元々その指輪を右手に付けていたが、何故か今は左手の薬指に嵌めていた。

「ん……」

その時君島が目を開く。

「……ここは？」

「ドゥードゥルバレーの荷獣車置き場だ。大丈夫か？」

「あ、はい。……大丈夫です。ありがとうございます」

そう言いながら君島が体を起こす。俺も手を伸ばし起き上がる君島を支える。

「ありがとうございます」

「気にするな」

俺が答えると、君島は自分の唇をそっと撫《な》でる。

「先生。キス……しました？」

「へ？　は？　し、してないぞっ」

「……ふふふ。ざんねん。私は何時《いつ》だって大丈夫ですからね」

「ば、ばかいうな」

クスクスと笑う君島に対して、俺は顔を真っ赤にして言葉をつまらせてしまう。

「まあ、仁科くんと美希《みき》ちゃんが覗《のぞ》いているんですもんね」

君島は楽しそうに二人が隠れている方を向く。しばらくするとバツが悪そうな顔で二人が顔を出す。

「気づかれちゃいましたか」

「それは分かるだろ」

「いやあ、お二人だけですよ、そんなスキル持っているの。良《い》いなあ」

「そうは言ってもな、俺達は何時死んでもおかしくない状況でずっと居たんだぞ？　頼まれたってもうやりたくない」

「まあ、そうなんですけどねえ」

俺達がドゥードゥルバレーにお世話になってから気がついたことがある。索敵と言うか気配の察知能力が俺と君島の二人が異様に高くなっているということだった。ヤーザックさんが言うには極限状況に長時間さらされ、かつその間に階梯《かいてい》が上がるなりの状態でおそらく自己防衛的に気配察知のスキルが身についたのだろうと。

なんでも、そういうことは往々にある世界だというのだった。

その後まだ風呂《ふろ》に入れるかもしれないということで向かう。この街は街としての機能がほとんど戻っていないため、州軍の共同浴場が作られていた。

俺達は閉館間際《まぎわ》の浴場に走り、なんとかひとっ風呂浴びることができた。

なんだかんだ言って俺達は日本人だ。生徒達にとってもこの共同浴場での入浴は数少ない楽しみの一つであった。


俺が現在寝泊まりしているのは、州兵用に作られた寄宿舎みたいなところだ。この世界の街ではよくあるタイプらしいが、城壁の内側に州兵の施設が作られていてそのうちの一部が寝泊まりできる様になっている。

宿舎はカプセルホテルの様な感じで、戸を閉められる様なベッドが二段になってずらりと並んでいる。俺は昔から狭いところは嫌いじゃなかったので、この様な小さなプライベートスペースはそれなりに気に入っていた。

そろそろ眠りにつこうとしたところで、コンコンとドアがノックされる。なんだと思い、入り口のドアを開けると逆さまになった仁科の顔があった。

「どうした？」

「先生。えっと……」

仁科は俺の上のスペースを使っている。その仁科はなんとなしにいたずらっ子の様な顔で言い淀《よど》んでいる。

「あの、実はですね。これ……貰《もら》ったんです」

「ん？　なんだこれ」

「その、お酒……らしいんです」

「そうか仁科は未成年だからな、分かった俺が――」

「飲んで良いですか？」

「え？　いや、ダメだろ？」

「で、でも。この世界って十五歳から大人らしいんですよ、ダメですか？」

「んんん……。しかしなあ、どうなんだ？　この世界では良くても体の成長過程での問題を加味しての二十歳以上での飲酒なんだろ？　俺に言われても良いとは言えないぞ？」

「……やっぱり、ですよねえ」

うーん。まあ子供が背伸びをしたいのは分かるがダメと分かっている物はダメというしかない。仁科も分かっているからあえて俺に聞いたのだろう。

「桜木《さくらぎ》もダメっていうだろうって言ってたんですよね」

「なんだ、桜木も知ってるのか」

「きっとこれを良いよと言う様になったら、先生が君島先輩を受け入れるだろうって」

「ぶっ。……い、いや、それとこれとは……」

「はい、先生もたまには飲んで良い気持ちになって寝てくださいね」

「ちょっ。いや、おい、仁科っ」

俺に酒瓶をおしつけて、自分のスペースに潜り込む仁科を慌てて呼び止めようとするが、周りのブースではすでに寝息が聞こえ始めている。あまり大声をだせない。……くそう。

俺は困った様に上を見つめ、それから手に持った酒を見つめる。なんだかんだ言って久しぶりの飲酒だ。少し心が躍る。そこまでお酒を好きな訳じゃなかったが、たまには飲んでストレスを発散するのも良いかもしれない。

瓶はコルクの様な物で栓がしてある。それをグルグルと回しながら引っ張るとポンッと小気味よい音が響く。ブース内に芳醇《ほうじゅん》な香りが充満する。

……ぐびっ。

「ごほっ」

うおっ！　強い。ウイスキー的な強さだ。いや、まさにウイスキーなのかもしれない。慌てて水筒を取り出しチェイサー代わりに口にする。まあ、この際贅沢《ぜいたく》は言わない。ちょびっとずつ楽しむとしよう。

第三章　天位《てんい》としての実力

トントンと戸を叩《たた》く音で目を覚ます。窓からはすでに朝の光が差し込んでいた。

ん……もう起きる時間か？　久しぶりの飲酒だったためか少し寝坊したらしい。慌てて枕もとの入り口のドアを開けると、見知った顔がのぞき込む。少しアラビアンな感じの浅黒い美男子だ。ここの責任者のヤーザックの副官を務めている男だった。

「ああ……ストローマンさん。おはようございます」

「起こしてしまって申し訳ない。先生に御客人がいらっしゃっておりまして……」

「客人？」

最近少しずつ俺のことを「先生」と呼ぶ人が増えている気がする。

とりあえずストローマンには待ってもらい急いで着替える。上の仁科はもうどこかへ出かけているようだ。どうやら州兵の詰所の方に俺の客が来ているようだ。

詰所の前に行くと、ガヤガヤと妙に人が集まっている。その人だかりが俺に気が付くと「来た来た」とばかりにこっちを向く。すると一人の男が前に進み出てきた。

「おお、来たな。お前がシゲト・クスノキか！」

「え？　えっと……」

「ちゃうんか？　どうなんや？　答えい！」

「えっと……そうですが……どちら様で？」

「ワイの名はシドだ！　瞬光雷帝とはワイのことやで！　ちょっとワイと闘ってもらうぜ」

「ちょっとシドさん！」

突然目の前の男が訳のわからない事を言い出し、慌ててストローマンさんが止めようとするが、止まらない。だが……。こういうのは相手にしないのが正解なのだろう。

「えっと、いや……」

「なんや？　ウジウジして。男だったら勝負せんか！」

「あの……」

「ああ⁉」

「お断りします」

「さすが天位に成っただけある。ワイは優しい男やからな。殺しはしな……え？」

「ですから、お断りします」

「な、なんでや！」

「いやだって……戦う意味ないじゃないですか」

「せ、せやけど。わざわざホラーサーン州から来たんやでっ」

「はあ、それはわざわざどうも……」

「せ、せやからそっちはそうでも、こっちには意味があるんや！」

「えっと、じゃあ、私の負けということで大丈夫ですので……なんでしたっけ神民録《しんみんろく》で負けを宣言できるんでしたっけ？」

「な……なんなんやワレ！　そんなんで順位が変わるかいボケっ！」

「え？　そう言われても戦うつもりはないですので……」

青年は俺の答えに愕然《がくぜん》としているが、俺としては当然の答えだ。

俺の闘わない宣言からの負け宣言に、これから起きるバトルに期待をしていた州兵達がつまらなそうに煽《あお》ってくる。

「何言ってるんですか、こんな小僧やっちまいましょう天位！」

「そうだ、こんな生意気言って俺達の天位が負ける訳ねえや！」

「お前達止《や》めないか！　シドさんも止めてください！」

皆娯楽のない田舎の村で、こういったハプニングが盛り上がるのは理解するが……。それをストローマンさんが必死に諫《いさ》めている。

それにしても客とはこの人のことだろうか。言っていることも無茶苦茶だし、方言がないはずの神民語なのにめちゃくちゃ関西弁チックだし。意味不明だ。

「まあ、ええわ。ストローマンさん、止《と》めんでください。コイツも殺されるとなれば……本気になるやろ」

シドと名乗る男の気配が変わる。ギラリとした殺気が漏れ始める。殺気にあてられ俺も思わず左手が腰に……ん……まずい。刀を持ってきてない。

「ええんか？　そのままで。武器はどうした？」

「ちょっと、待てって！」

「兄さん甘いわなあ。据え膳食わぬは男の恥じゃ！」

「ちょっ。それ意味――」

男はそのまま腰の剣を抜く。口元にニヤリと残忍な笑みが浮かぶ。話の通じない男に俺はどうしていいか分からずにジリっと後ずさりをする。

「じゃあ、行くぜっ！」

シドの魔力が一気に膨らみかけた時、女性の鋭い声が飛ぶ。

「待ちなさい！」

と同時に何か魔力の塊の様な物が俺の背後からシドに飛んだ。なんだ？　魔力を気配として察知したのだろうか？　その魔力を受けたシドが焦《あせ》った様にもだえる。

「ん！　んぐっ……なんや。動けへん！」

何かがシドの周りに取り巻き、拘束していた。

「こ、こんなものぉぉぉぉおおおお！」

シドが必死にそれを剝がそうとするが、拘束はまるで外れる気配がない。

「大丈夫ですか？　シゲト先生」

後ろからヤーザックさんが初めて見る紳士風の男と一緒にやってきた。そしてもう一人、金髪の女性が杖《つえ》をシドに向けたまま歩いてくる。

あれは……。

「ミレーさん！」

「シゲトさん。大丈夫ですかっ！」

「あ、はい。いや。何もされてはいなかったので……。まだ」

「良かった……」

「え？　いやでも。なんでミレーさんが？」

それはそうだ。ミレーは天空神殿に勤める神官だ。なんでこんなところへ……。

俺が状況の理解が出来ずにいると、近づいてきた紳士風の男はツカツカとそのままシドに近づいていく。と、ポケットからおもむろにナイフを取り出した。

「これをこのまま心の臓に刺そうか?」

「んっんぐっ」

「ん? 何を言ってるかわからんな……何? 刺されたい?」

「すんまへん! 堪忍《かんにん》や!」

「いきなり戦いを挑むとか、オドレはアホなのか? あ?」

「な、なりゆき――」

「何処《どこ》の阿呆《あほう》が成り行きで戦い挑むんじゃ! あぁ!? ワイとやるんか?」

「す、すいません!」

な、なんだ……この紳士も微妙に関西弁チックにシドを脅し始める。その勢いたるやシドの比ではない。見ていてもだいぶ怖い……。

俺があっけにとられて見ていると、ようやくシドも観念したようだと判断したのか紳士はミレーを振り返り、声を掛ける。

「余計な仕事させて申し訳ないな。拘束は外してもらって大丈夫だ」

すぐにミレーが杖を下ろし、魔法を解く。シドは糸が切れた様にその場に崩れ、肩で息をしている。相当な力で拘束から逃れようとしていたに違いない。紳士は俺の方を見ると頭にかぶっていた中折のハットを脱ぐと、俺に向かってお辞儀をする。

「申し訳ない。後でコイツは立てない程度にボコっておきますので」

「へ？　あの……」

「連邦軍のパルドミホフと申します。この度は入団申請ありがとうございます」

「し、申請？」

俺がなんのことだ？　と聞き返すと慌てた様にヤーザックさんが割って入る。

「あ、カミラ将軍から連邦軍在籍で州軍預かりでという話の……」

「あ〜。はいはい。すいません色々とご迷惑をおかけしておりまして」

「いえ、現在の連邦軍では天位の補充は喫緊の課題なのです。この度のシゲト様の入団は願ってもない話でございます」

するとおとなしく話を聞いていたシドが叫ぶ。

「せやから、ワイがコイツの順位を――」

「じゃかしい！　死にたいんか！」

「じょ、冗談であります」

なんとなく、この二人上下関係がありそうだ。

……ん？

「え？　貴方《あなた》も天位で？」

「はい、六十五位という中途半端《ちゅうとはんぱ》ではございますが」

「い、いえいえそんな……」

この眼《め》の前《まえ》に立つマフィアみたいな紳士は、俺なんかよりずっと上の天位だった。

「さ、細かい話は詰所の方で」

「そ、そうですね」

それはそうだ。ふと周りを見ると野次馬の州兵達があっけにとられて俺達のことを見ていた。きっとこれから契約やらと難しい話があるのだろう。「ワイも」と、付いてこようとしたシドはパルドミホフにそこで正座をしていろと冷たく言い放たれる。

ヤーザックの執務室に向かう中、ミレーも俺について隣を歩いている。

「それでミレーさんはなんでこちらに？」

さっきは話が途中になってしまったが気になっていたことを聞く。しかしミレーは笑いながら話はパルドミホフとの話の後にしましょうと言う。

執務室に入ると椅子に座る様に言われ、俺はパルドミホフと向かい合う様に座る。それにしてもあのシドは何者なんだろうか。

「先程の若者、知り合い、なんですよね？」

「シドですか？　そうですね。勝手に弟子入りしてきて、後はまあ奴《やつ》としては警護のつもりのようですが恥を連れて歩いている様な……そんな感じでしょうか」

「は、はあ……」

「さて。連邦政府としては、カミラ将軍からの提案は全て飲むつもりで居ます」

「え？　あ、はい」

カミラ将軍からの提案というのは、立場は連邦軍として在籍し、扱いは州軍としてこのデュラム州に居ていという話で良《い》いのだろうか。知らないうちに知らない条件の契約を結ばれたら目も当てられない。

「シゲト様の希望としては、この地でデュラム州の解放の為《ため》に働きたい、そういうことでよろしいでしょうか」

「えっと……」

そう言われると悩む部分はある。いや、もちろんここに生徒が三人いる。他にもこの世界に生徒達が散らばっては居るが……残念ながら三年の四人は俺を教師として見てはいない。とりあえず俺のことを先生として頼ってくれている子が三人ここにいるというのは大事な話だ。州の解放は……どうしたいんだ？　俺は……。

「どうしました？」

「い、いや……州の解放と言っても、解放されたドゥードゥルバレーに戻ってきている住民が殆《ほとん》ど居ない現状じゃないですか。この先解放するといっても意味があるのかと……」

「なるほど。さすが教師であった方だ。すでに状況を把握しているようですな。ヤーザック君も同じことを考えているんだったね」

パルドミホフが言うとヤーザックは気まずそうにうなずく。

「おっしゃるとおり、俺は前の世界で教師だったんです。そしてその時の生徒が州軍に入ってここに居る。自分としてはまだ若い彼らを支えられたらと考えていたんです」

「そうですね、ミキさんとタカトさんが州軍に入団することは聞いております」

「はい、何故《なぜ》か自分はそれなりにこの世界だと戦う力が在るようなのです。ですからそれを彼らの仕事の手伝いに使えないかとは思っているんです」

俺の話をパルドミホフはうんうんとうなずきながら聞いている。俺は話しながら、なんとなく頭の片隅に有ったことが形になってくるのを感じていた。

「しかし、今日のシドの暴走もありましたが。ああいう輩《やから》は割と多いですよ？」

「そ、そうなんですね。……困りますね」

「貴方が倒したカートンという人物も、ディザスターという血盟の構成員だったんです」

「はい。その話もカミラさんから聞いております」

「かなりの悪名高い血盟でしてね、一緒にいた魔法使いのフォーカルは第三席……」

「……聞いております」

「義兄弟が殺されて、残りの三人がどう動くか。という話も？」

「……はい」

こう改めて言われるとことの重大さを感じる。当のパルドミホフは他人事《ひとごと》の様な顔でヒゲを撫《な》でている。

「その……連邦軍に所属すれば……？」

「まあ、州軍よりは効果はあると思いますがね。相手を考えると難しいところです。ただ、彼らの動向などの情報はお届け出来ると思うのですよ」

「はあ……」

「いざという時以外、普段は何をしていても構いません。私どもとしては、名前をお借り出来るだけでもメリットは在るのですよ。給料もお支払いいたします」

「いざという時……とは？」

「戦争……などですかね」

「戦争……」

「はっはっは。そうそう戦争なんて在る物でもないですよ。そのための天位《てんい》です。我々の存在が相手にとっての抑止力として生きるのです。そのためには所属する天位の数は多いほうが良い。そういうことです」

「な、なるほど……」

抑止力、なのか。俺は知らぬ間に天位という立場になり、いまいちことの重要性が理解できていなかった。いや理解はしているが実感が出来ていないということなんだろう。

考え込む俺に、パルドミホフが一言つぶやく。

「ただ、シゲト様の実力は……一度拝見したいと思いまして」

「実力……を？」

「そうです。私どもの感覚ですと、転移して間もないシゲト様が天堕《お》ちを果たすなど少々理解できない所もございまして。政府としてもやはり確認させてもらったほうが良いという結論になりました」

「なるほど……」

「ただ、個人のスキルなど隠したい者もこの世界には多いので……。もし見せたくないとあれば断っていただいても構いません」

確かにスキルなどは初見殺しであったりと秘密にしたい者は多いのかもしれない。俺の居合も放てる数は限定されている。それを知られることは自分にとってマイナスも大きい。

俺が悩んでいるのを見て、パルドミホフは笑って続ける。

「ま、少し考えてみてください。連邦にとっては天位の存在こそが重要なのです。自国の天位に不利になることはしないと、信じていただければと」

確かに、組織に所属するからにはその組織を信頼したい。

「わかりました。確認お願いいたします」

俺が答えると、パルドミホフは頷《うなず》きながらミレーの方を向く。

「ミレーさんもシゲト様に話があったのですね。席を外したほうがよろしいですか？」

「いえ、問題ありません。私どもは今回シゲト様とユヅキ様をギャッラルブルーという危険な地域へ転移させてしまったことへの謝罪のために伺いましたので」

「そう言えば、天空神殿からギャッラルブルーとは普通考えられない転移ですな。何が起こったのですか？」

「それは……」

ミレーは天空神殿の転移陣での出来事をパルドミホフに話す。その後の小日向《おびなた》の処遇などは仁科《にしな》から簡単に聞いていただけなので、俺も知りたかった話だ。

やはり小日向は「要注意転移者」として新大陸の開拓地へ送られたということだった。階梯《かいてい》を上げていない小日向が開拓地の魔物と戦えるのかとも不安ではあったが、小日向は肉体労働として主に道路の整備の仕事をさせられているという。

細かく情報が入る訳ではないが、ミレーがここへ来る際に俺が知りたがるだろうと確認した際には、他の受刑者などとは未《いま》だに溶け込めず反抗的な態度が続いているという。

「このまま今の態度が続くようだと、観察期間は長くなる恐れはあります」

「そうですか……」

たとえ俺に反抗的で、君島《きみじま》を危険な目に遭わせたとはいえ、俺の中では悪い守護精霊の影響がここまでの事態にさせたという認識がある。話を聞いてどうしても気が沈んでしまう。

「ミレーさん」

「はい。なんでしょう」

「出来れば小日向の話はあまり子供達にはしない様にしてもらっていいですか？」

「……そうですね。わかりました」

「助かります」

謝罪ということなら君島も居たほうが良いのだが……。

「そう言えば君島も居たほうが良いですね」

「ユヅキさんはファイヤーバードの食事をさせてくると言って三人で出ていますよ」

「あ、なるほど」

ヤーザックに言われて気づく。今朝はメラの餌をやりに行く話をしていたのだが、俺が寝坊をしてしまった為に三人で行っているようだ。

説明が終わると、ミレーがバッグから箱を二つとりだす。

「謝罪の品ということで、大した物ではないのですが……シゲトさんとユヅキさんにお一つずつ、教会から進呈させていただきたく」

「え？　いやそこまで……」

「どうか受け取ってください」

箱が二つあるので一つは君島の物なのだろう。俺はそれを受け取るとミレーに促されて箱を開ける。中には一つの時計が入っていた。懐中時計というやつだ。

横から見ていたヤーザックがそれを見て声を上げる。

「おお。時計じゃないですか。しかもそんな小さな物。すごいですね！」

「この世界では珍しいのですか？」

「シゲト先生の世界だとあまり珍しくないのですか？　この世界ではなかなか個人で時計を持つなんて出来ませんよ。かなり貴重な物ですよ」

確かに、時間のズレなどは分からないが時計を持っている者を見たことはないかもしれない。基本的にこの世界の時間は教会の鐘や、太陽の位置で推測していく感じだった。

「良いんですか？　とても高価な物のようですが……」

「気にしないでください。と言っても私が用意した物ではなく教会の方で用意した物なのですが」

「そうですか……。ありがたく使わせていただきます」


話が終わるとパルドミホフが早速実力を見せてもらおうと言う。

実力というと……やはり強さ的な物を見たいということだろうか。もしかして連邦天位のパルドミホフと戦ってみせろとか言うんじゃないだろうな？

焦《あせ》った様にパルドミホフを見ると俺の心を見透かしたかの様にニヤリと笑う。

「大丈夫ですよ。ちょうどここらへんには魔物も多い」

「は、はい」

「これから狩りにでも行きましょうか」

「はあ……」

な、なんだ狩りか……ホッと一安心する。が、よく考えれば魔物と戦えと言っても何処《どこ》まで行くのだろう。天位ということで上級を倒せと言われても、そんな奥地に行くとなると泊まりがけになりそうだ……。

「私もご一緒してよろしいでしょうか？」

俺達が話をしていると、ミレーが自分もついていって良いかと聞いてくる。どうやら俺の精霊に関する情報が教国にも無く興味もあるようだ。

「ふむ……。国としてはシゲト様の実力は内々にしたいところですが。教会との話だと断りにくいですな。先ほどシドを止めたのを見ても、実力的にも問題はないでしょう。シゲト様が良ければ」

「はい。ミレーさんには良くしてもらっておりますので。問題ないです」

「そうですか、わかりました。それでは一緒に行きましょうか」

話がまとまるとパルドミホフが俺に質問をする。

「シゲト様は、セベックに乗れますか？」

「セベック？」

「はい、騎獣によく使われる魔獣です」

「ああ、あの角のある」

「ははは、まああれは角ではないんですけどね、そうです」

「えっと、乗ったことはないですね」

　俺が答えると隣にいたミレーが俺に提案してくる。

「それでしたら私のセベックに乗りますか？」

「え？　あ、ああ。助かります」

　どうやら騎獣に乗ってさっと奥地のほうに行こうというつもりらしい。

……あれ？　気軽に答えてしまったが、よくよく考えるとミレーもついてくるならミレーのセベックはミレーが使うはずだ。それなら州軍のセベックを借りるべきだろうかと悩みながら外に出ると、何やら再びあのシドの大声が鳴り響いている。

「ま、まてや。ワイは今まで生きていて……こんな美しい人見たことないんやっ！」

「だ、だからと言って！」

　メラの餌やりから帰ってきたのだろう。君島達三人が何やらシドと揉《も》めている。俺の姿を見たシドが少し興奮気味に俺に言う。

「お前はっ！　こんな美人を二人も引き連れおって。恥ずかしいと思わんのか？」

「え？　いや……恥ずかしいとは……」

「へへへ。　美人だって〜」

「美希《みき》ちゃん、知らない人の相手をしちゃっ――」

「かぁああ。知らんのか？　ホンマにここは田舎やなあ。しゃあない。教えてやろう。我こそは瞬光雷帝こと、シド・バーンズや！」

「……」

「おおー。雷帝！　強そうですねー」

「み、美希ちゃん行くよっ」

「ちょちょちょっ！　姉さんちょっと待ってくれーや」

「はっ放してください！」

……頭が痛い。

今度は俺の生徒達に声をかけているようだ。しかも君島の手を取っている。それを見た俺はついイラッとしてシドに駆け寄り肩を摑《つか》む。

「やめないかっ！」

「せっ先生！」

「な、なんや！　……邪魔しよるな！」

ドン。とシドが俺の胸を押す。

え？

その押しの強さに俺の体が一瞬浮く。

……ドシン。

……。

「げほっ！　げほっ！」

「先生！」

押す様な感じだったが、そんなレベルじゃない。くっそ。胸を殴られた様な痛みと共に一瞬呼吸が止まる、尻もちをついてむせこみながら必死に呼吸をしていると君島が血相を変えて近くに来た。

「大丈夫ですか？」

「あ、ああ……なん、とか」

それにしてもやはりコイツは、なんて乱暴なん……だ……？

ん？　見ると、シドも、周りのやじ馬もあっけにとられて俺のことを見ている。

「おま……ホンマに、天位《てんい》なんか？」

「え？」

「こんなちょっと押したくらいで……嘘《うそ》やろ？」

ザワザワとした空気が流れる。ああ……そういえばそうだ。俺が天位のカートンを倒した実情について知っている者などいない。低位の精霊の守護を得て、神の光の力もあまり定着していない。そもそもの身体的な能力なんてたかが知れている。

それに対して目の前のコイツは三桁の猛者《もさ》。そんな者がドンと押せば……当然耐えられるはずがない。周りを見れば、俺の体たらくに州兵達も戸惑っている。

──まずいっ。……いや。このままの方が？

俺はそれを見て、少しこのままの方が良《い》いのではという気持ちが芽生える。過度な期待をされるより良いかもしれない。実際俺が抜刀できるのは良いところ五回。天位天位と持て囃《はや》されて過分なことを求められても困る。

……。

「人のこと押し倒しておいて、ちょっと押したくらいっておかしくないですか？」

え？

横で俺の胸に手を当て回復補助の魔法を流し込みながら、君島が怒気をはらんだ声で問い掛ける。俺は思わず君島の横顔を見る。

「いや、せやかて、天位が倒れる程の……」

「天位とかそういう問題じゃないんじゃないですか?」

「な、な。コイツが俺の肩を摑んだんやで!」

「それは貴方《あなた》が私の手を摑んだからです」

「は? それはワイとアンタとの話やろ。コイツは関係――なっ!」

君島《きみじま》が黙ったまま右手で俺の左手を持ち上げ、腕輪を見せつける。それと同時に左手の薬指にはまった自分の指輪をシドに見せる。それを見たシドが見事に固まる。

仁科《にしな》と桜木《さくらぎ》も、じりっと俺達の後ろに来て一緒にどうだと言わんばかりにシドを見つめていた。

「くっ……せやかて……いや……」

「また揉め事か?」

その声に、シドが壊れた機械式人形の様にカクカクと視線をずらす。その先には能面の様に表情をなくしたパルドミホフが立っていた。

「いえ……その……天位が……」

「テメエは俺の言うことが聞けんのか。このアホンダラ!」

「ち、ちがうんや! ちょっとドツイたらコイツが勝手に尻もちついたんや! こんなん天位やあらへんで!」

必死に言い訳するシドにパルドミホフが歩み寄ると、耳をつまみグッと持ち上げる。

「い、イタッ！」

「ほんまアホやな。シゲトはんがこの世界に来たのはいつや？」

「す、数週間と……」

「じゃあ階梯《かいてい》はどうなっとると思うん？」

「え？　あ……」

「はぁ……。言わんと分からん馬鹿をどう面倒見ると言うんや。せやろ？　シゲトはんは特殊条件での能力持ち……素の状態で見るアホなんておらんわ」

「すっすいまへん！」

「それでなくても天位を堕《お》とせるんやで。これで階梯が上がったら……分かるか？」

「はい……」

「連邦の宝や。二度とくだらないことしてみろ。膾《なます》切りにするからな」

「だッ大丈夫であります！」

これは……。そうか。周りの野次馬達の反応を見て気がつく。パルドミホフは周りに聞こえる様にあえて今の話を……。

ようやくシドの耳から手を離すとパルドミホフは「申し訳ございません」と倒れている

俺に近寄り手を差し伸べて起こしてくれる。

「ボンクラな弟子を持つと、苦労します」

「ははは……」

やはり弟子……だったのか。

その後君島達も、久しぶりにミレーに会えたことに喜びを見せる。この世界に転移してきて知り合いも少ない中、天空神殿でお世話になったミレーに会えたのは少なからず嬉《うれ》しいのだろう。

俺の腕を見せてもらうということで、俺達はセベックといわれる騎獣で一気に奥地へ向かう。君島達も付いて来たがったが我慢する様に言う。

話も落ち着き、俺達が出発をするために村の門の方へ歩こうとすると強い視線を感じる。

思わず振り返ると君島がじっと俺のことを見つめていた。

「先生……。ミレーさんは良いのですか？」

「え？　まあパルドミホフさんも良いと言ってるし、大丈夫だろう」

「私も大丈夫ですよ？」

「え？　……いや。ちょっと行ってくるだけだし。な？」

「………分かりました」

「あ、ああ……」

なんとも言えない圧に俺は苦笑いでごまかしていると今度はシドが騒ぎ出す。

「な、なんや！　お前ミレーさんにまで手を出そうというんか？」

「ちょっちょっと！　誰もそんなことしないって」

「せやかてっブヒュ！」

せっかく落ち着きかけたところを余計なことを言いだしたシドだったが、後ろに立つパルドミホフの拳骨《げんこつ》が脳天に落ちる。

「誰が喋《しゃべ》っていいと言った？」

「しゅ、しゅいまへん……」

と、その一撃でようやく話が終わる。

セベックといわれる騎獣は鬣《たてがみ》の様に後ろに撫でつけた様な角が付いている。その角のせいで騎乗した時に刺さったりと危ない気がしていたのだが、実はこの角は鬣の一種らしく、柔らかく俺がイメージしていた角とは材質が違った。

性格も至っておとなしく、初心者でもまたぐことは出来るのだが……いざ走らせてみると予想以上にゴツゴツと揺れるのだ。その揺れに体が大袈裟《おおげさ》に揺れてしまう。

「シゲトさん、もっとしっかりと掴まってください」

「え、いや。あ、はい……」

確かに後ろで俺がフラフラとするとセベックも走りにくいようだ。ミレーが全く気にしていないのに俺が気にするのは逆に良くないのかもしれない。

俺は心頭を滅却し無我の中でミレーの細腰に掴まる。

「うわぁ。兄さんエロい──」

「シド」

「なんでもないっす」

だんだんと、シドの軽口には慣れてきた。どうやらこの男は思ったことをなんのフィルターも無しに口から出しているようだ。十年も教員をやっていれば色々な生徒を目にする。そういうタイプの生徒を見たことがない訳じゃない。

要は気にしなければよいのだ。

一時間もセベックに乗っていれば、それなりには慣れてくる。その様子を見ながらパルドミホフはセベックのスピードを少しずつ上げ始める。

「何処《どこ》まで行くんですか？」

「特に考えていないが……ある程度強めの魔物で見てみたいと思っています。報告ではギャッラルブルーからの移動で何匹かの上級を倒したとあったので」

「魔物の名前なども分からないので、本当に上級なのかは分からないのですが……」

「間違いなく上級でしょう。中級の魔物を倒すところを見させてもらうだけでも良いんです。そのシゲト様の種族特性の様な物が見られればと」

「なるほど……」

そういえば、先程ドゥードゥルバレーでも種族特性のことを言っていたな。

「種族特性ってどういう物なんですか？　僕の場合は種族的な物でなく異世界から持ち込んだスキルだと思うのですが」

「ああ、そうですね……例えばカミラ将軍は知っておられますよね？」

「あ、はい」

「将軍はモリソンという世界からの転移者の末裔《まつえい》なのですが、特に数の少ない純血でしてね、この世界で産まれた方なのですが、種族特性をお持ちなのですよ」

「ほ、ほう……」

「簡単に言えば鬼化と呼ばれるスキルをお持ちなのです」

「お、鬼化？」

モリソン人は自らの命を削り鬼化と呼ばれる変身を行える種族なのだという。鬼化は身体能力を劇的に向上させることが出来るが、その力はランキングには反映されておらず、ランキング以上の力を持つ種族として知られていた。

新大陸にあるヒューガー公国の建国者がモリソン人であり、そのことからこの世界のモリソン人の多くが公国に住んでいるという。

「すごい……ですね」

色々な異世界から人が集まる。色々な人種がいるのにも頷《うなず》けた。

やがて舗装も直されていない道になるが、セベックは気にもせず進んでいく。その中で少し嫌な気配がまじり始めていた。パルドミホフも気がついたのだろう、セベックを止める。

「……ここらへんで良いでしょうか」

「魔物……ですね？」

「ほう、わかりますか……」

気配を潜ませてじっと忍び寄る感じ。いつかの狼《おおかみ》の魔物もそうだったが、狩りをする肉食動物の性質なのかもしれない。あの時であった狼の魔物は集団で囲んで来た。俺は少し緊張しながら左手で鞘《さや》を摑《つか》み集中度を高めていく。

うん。今回の魔物は一頭だけのようだ。セベックもいよいよ何か気配を感じているのか少しソワソワしはじめる。

……やっぱりここは俺なんだろうな。

セベックから降りてパルドミホフの方に目をやると、見せてみろとばかりにうなずく。

俺はそのまま右手を柄《つか》に添えながら魔物の気配が在る方へ進んでいく。魔物は俺の動きに警戒をする様にグッと殺気を濃くしていく。

……。

スー。ハー。

居合は見世物ではないが……味方になる人にはわかっていて欲しいというのもある。

魔物はススっと茂みの中を最低限の音で進んでくる。見事なものだ。だがギラギラとした殺気は隠しようもない。

先《せん》の先《せん》を取ることがないこともないが。楠木《くすのき》家に伝わる流派の拘《こだわ》りはあくまでも後《ご》の先《せん》。鯉口《こいぐち》を切りつつ俺はスッと右足を浮かせ、そのまま力強く踏み込む。

ダンッ！

その音で張り詰めていた緊張の糸が切られる。ザッと茂みが揺れた瞬間。真っ黒な巨大な猫の様な魔物が弾丸の様に飛びかかって来た。すでに集中状態の俺の目にはゆっくりと、スローモーションの様に見えている。後は間合いを見極め、グッと引き寄せ……。

斬るだけ。

飛びかかる勢いのまま、二つに斬られた魔物はそのまま肉塊となり地面を転がっていく。ゆっくりと舞う血しぶきを避けながら残心をとる。

うん。俺は懐《ふところ》から紙を取り出し刃についた脂を拭き取る。

「なっ……なっ……なに……が？」

シドには抜刀が見えたのだろうか。居合の際の俺と周りには時間のズレが生じるようだ。速さを追求すれば同じ時間軸でも抜刀は見えにくい。そこに時間のズレが乗ればさらに。

「カートンが殺《や》られる訳だ……速い……速すぎるな」

「正直私には全く動きが見えませんでした……」

心なしか、パルドミホフも顔を曇らせミレーも驚いた様に俺を見つめていた。

「僕の特性というか異界スキルなのですが、居合の際に全ての要素。魔力、筋力、感覚、それが一気に凝縮されるのです」

「力の……凝縮？」

「はい。ただ……僕の能力だと魔力が足りないんです。刃にまとわせる魔力も自分の持ってる魔力を凝縮して乗せてしまうので」

「なるほど……。今の抜刀を何回程？」

「五回ですね。六回目は多分魔力切れで倒れてしまいます」

「ふむ……。なるほど、わかりました。もう良《い》いでしょう」

「もう良いんですか？」

「はい。表裏一体といったところでしょうか。それにしても、だいぶ尖《とが》ったスキルですな。……だがそれ故に危険です」

「自覚しております。僕を殺そうと思えば簡単に殺せる。そういう天位《てんい》なんです」

「……ここまで来て早々ですが、一度街に戻りましょう。今後のシゲト様への対応を考えないといけない」

「よろしくお願いいたします」

「任せてください……その前に……シド！」

「は、はいな！」

「魔石を摘出《てきしゅつ》しておけ」

「え……」

一匹魔物を倒しただけだがパルドミホフは満足したようでそのまま街まで戻る。行きに散々喋りまくっていたシドも口数少なく付いてくる。重い空気に少し困っているとミレーが後ろを振り向く。

「カリマーさんに少し聞いていたのですが、あの技がシゲトさんの流派の、ですか？」

そう言えばミレーは初めて神民録《しんみんろく》を作った時に俺のスキルを見ていたのを思い出す。

「そうですね、それと集中というスキルが相乗効果で出ている様に思います」

「うーん。ということは守護精霊とは関係ないのでしょうか」

「それも良くわからないのです。ギャッラルブルーでは無我夢中でしたし」

「そうなんですね……。それにしてもすごいです！」

「あ、ありがとうございます」

ミレーは嬉《うれ》しそうにしているが、この距離感に俺の心は少しドキドキしていた。ミレーの腰につかまり何とも言いようのない罪悪感の中で、君島《きみじま》の顔を思い浮かべていた。

第四章　ビトーの宿

街につくとパルドミホフに礼を言い、一度下宿している寮に戻る。生徒達はどこかに出ているようで、俺は一人で村の中を歩いてみることにした。

そのまま出かけようとして少し悩む。……小太刀くらいは持って歩くか。

考えてみれば今まで随分不用心でいた。リュックに何でも入るために武器なども入れて持ち歩いていたが、確かにその状態で襲われでもしたら抵抗しようがない。街中などで太刀は邪魔になるというのも在るのだが。小太刀ならと取り出して腰に差す。

色々話を聞いてしまうと日本で生活していた時の様に、のほほんと生きるには、この世界は殺伐とし過ぎている。腰に得物を下げておかないと。

……って俺が天位だからか……。失敗したな。

確かこの村に州軍の武器などを直す鍛冶屋が居ると聞いた。俺はギャッラルブルーからの帰りに避難小屋で手に入れた穂先を直してもらおうと考えていた。

街を歩いていくがまだまだ復興とは程遠い状況だ。普通に生活する一般人はまだまだ少ないが、親子が農作業に勤《いそ》しんでいたりする光景も見られる。食堂で出てくる野菜などは基本的にこういった街の農家で作られる物がほとんどだという。こんな辺鄙《へんぴ》な街で生きていくにはそういった一次産業しか成りたたないのだろう。

寂しい街並みを眺めながら歩いていると、カンカンと金属を叩《たた》く様な音が鳴り響く建物にたどり着く。おそらくここが鍛冶場なのだろう。

建物はガレージの様にオープンになっており、奥の方にチラチラと赤い火が見える。そしてその前では小さな樽《たる》の様な男が二人汗だくになりながら槌《つち》を振るっていた。

見ると二人は見知った顔だ。何度か州軍の詰所で見かけたことがある。

「おお。シゲトの先生かい。どうした？　何か打つ物でもあるのか？」

「あ、はい。お二人は鍛冶屋さんだったのですね」

「はっはっは。わしらは戦いもするが、こっちが本業じゃよ」

二人はそれでも正式な州兵だ。そしてドゥードゥルバレーの兵士達が使う武器の手入れなどを行うのが本来の二人の仕事だということだった。

今も、傷んだ武器の修理をしていたようだ。俺は槍《やり》の穂先を取り出し、二人に見せる。

「これを、直して君島が使える様にって出来ますか？」

「ん……これは……？」

「えっと、ギャッラルブルーから逃げてくるときに拾ったんです」

「ふうむ……もしかしたら……カネサダか？」

ふと何気なく飛び出した言葉に俺は驚く。兼定。名のある刀工に数多く使われた様な名前だった気がする。兼定を名乗る刀工は多く、それだけに本物なのかその流派の教えを受けた物なのかは分からないが。だがその銘を使っている者は日本からの転移者なのだろうか。

「かねさだ？　まさか私達と同じ世界からの？　有名なんですか？」

「有名？　そりゃ有名だろうさ。これが本物なら国宝級じゃぞ？」

「……まじっすか」

「ミスリルとオリハルコンかのう。素材すらよく分からんが、それをこれほどまでに美しく何層にも合金の配合を変えて重ねておるのじゃ。……わしらじゃ研いで柄をこしらえるのが精々じゃが、それで十分じゃろ」

「おお、使えますか？」

「問題ない。あの短槍のお嬢ちゃんが使うのか？」

「そうです」

その後、柄の長さなどを相談し、注文する。柄の材料などこだわりがなければ州軍の経費でやってくれると言うから助かる。

俺はお礼を言うと、再び歩き始めた。

こうしてドゥードゥルバレーを散歩することもあまりない。なんとなく遠回りしながら歩いていると一軒の大きい家の建物の屋根に子供が乗っていた。屋根の修理だろうか、子供は少しおっかなびっくりな感じで屋根の上を歩き、傷んでいる所を探しているようだ。

危ないなあ。こんな仕事を子供にさせて……。親は何処《どこ》だ？

気になって周りを見渡すが、親らしい姿が見られない。というより屋根の上の子供をよく見れば見覚えがある。州軍の食堂で働いていたあの少年だ。

見上げていると、ふと少年の目がこっちを向く。

「あっ……」

「お、おい！　気をつけろっ！」

俺を見て慌てたのか、斜めになった屋根の上でバランスを崩した少年が足を滑らす。慌てて少年の方に向かって走るが、少年はなんとか屋根の上に有った引っかかりに手を伸ばし落下を免《まぬが》れた。

ふう……危ない。って俺のせいか？

建物を見る限り、宿屋なのだろうと分かる。確か祖父の家を頼ってきたとか言っていたか。ここがそうなのだろうか。やがて子供が下まで降りてきて俺の方に向かってくるのを見ながら、俺はいたたまれない気持ちで居た。

「驚かせてごめんな」

「大丈夫……です……天位様はなんでここに？」

「シゲト。で良いから。天位様はちょっと恥ずかしいんだ」

「シゲト、様」

「様もいらないよ。少し散歩をしていたんだ。ここらへんをね」

「散歩？」

「そうだ。この街に来て少し経《た》つが、街の中を歩いたことが無かったからな」

散歩……ギリギリで生活をしている様な子に、そんな習慣もないのだろう。不思議そうな顔で俺の話を聞いていた。

この家はビトーの祖父がかつて宿屋を経営していたのだという。両親も居ないようで食うに困った挙句、ここにやってきたらしい。先程は家の雨漏りが酷《ひど》いためになんとか修繕しようとしていたようだ。

俺に分かるのかと二階を見せてもらうが、残念ながら雨漏りの原因なども分からない。

「たしか州軍の中に大工も居たと思う。ちょっと聞いてみるか」

「でも、お金ないよ」

「ううむ……」

改めて見ると、やはり宿屋のようだ。細かい部屋割を見ているとふと思いつく。

「宿をやるつもりは？」

「一人だし」

「だよな。……そうだ。例えば俺達の下宿に場所を貸してくれたりは出来ないか？」

「場所を？」

「俺達の話は聞いているか？　今は四人で州軍の寮にいるんだが。人の戻ってこない家を直して俺達が使える様にしたいという話があるんだが……」

「うん？」

「俺達四人を下宿させてもらえれば、州兵の大工を動員できるかもしれない」

「ほんと？　下宿。良いよ」

「そうか。ま、どうなるかわからないけどな、ダメ元で聞いてみよう」

「うん、ありがと」

勝手な提案かとも思ったが、こんな少年が一人で暮らしているというのも少し気にはなる。下宿先を提供することで俺達も家賃を支払えれば何かと都合が良《い》い気がする。

そんなことを考えついた俺は、思い立ったが吉日とばかりに州軍の詰所に向かう。

詰所に行くと君島達がちょうど魔石などの精算をしていた。どうやら他の州兵達とともに周囲の魔物を狩りに出ていたようだ。

話をすると三人ともすぐに下宿の話に飛びつく。皆あの狭い宿舎での生活から少し広い家に移りたいという考えはあったようだ。俺はそのままヤーザックの執務室に向かった。

「確かに先生をあの宿舎に住まわせておくのには、いささか抵抗があったんですよ」

「それじゃあ？」

「問題ないと思います。すぐに対応する様にします」

「おお、早速に。ありがとうございます」

「いえいえ。今度ドゥードゥルバレーにも教会を建てる話がありまして、それが始まると少し手が足りなくなるので。タイミング的に今がちょうどよいかと」

「教会を？」

確かにどの村でも教会があるとは言うが、もうそんな話が来ているのか。

「ええ。今回ミレーさんが謝罪ということでいらっしゃいましたが、他にもここに建立《こんりゅう》する教会の場所などの選定も指示されているようでして」

「なるほど」

　確かに教会の建設が始まれば、州軍に所属している大工がその仕事を担《にな》うことになるのだろう。その前にお願いできたのは良かったのかもしれない。

　俺はヤーザックに礼を言い執務室を後にした。


　ヤーザックとの話が済むと、俺達は四人で連れ立って食堂へ向かう。食堂は詰所に隣接しているのだが、ちょうど食事時というのもあり少し混雑していた。

「あそこで良いか」

　食堂の奥の方に長テーブルが空いていた。席を確保するとカウンターに食事を取りに行く。

　今日は……肉を焼いた物か。ステーキなのか。ちょっとうれしいな。その他野菜などを四人で並んで、大皿に入れてもらっていく。

「野菜少なめでー」

「またかよっ」

「うん、美希《みき》ちゃんはもう少し野菜食べたほうがいいよ〜」

「ですよね、ほら先輩だって言ってるじゃないか」

「む〜」

結局配膳のおばちゃんも笑いながらてんこ盛りに桜木《さくらぎ》の皿に野菜を乗せる。その光景に思わず笑ってしまうが、恨めしそうに俺を見る桜木から慌てて視線を外す。

席につき俺達は食事を始める。肉は豚肉っぽい味のステーキといったところか。すり下ろしたニンニクの様な物がたっぷり載せられており、なかなか美味《うま》い。

「お。この肉美味いな」

「ボアでしたっけ、これ」

仁科《にしな》も気に入ったのかむしゃむしゃと肉を口に詰め込んでいる。


「ここ良いですか?」

食事をしていると、相席を良いかとヤーザックが声を掛けてきた。周りを見ると殆《ほとん》ど席が埋まっている。ヤーザックはパルドミホフとシドとミレーの三人を連れて食事に来たようで四人が座れるのはこのテーブルくらいだったようだ。

「あ、ああ。どうぞどうぞ」

「ありがとうございます。その肉、先日シゲトさん達が仕留めたダーティーボアですよ」

「おお、自分達で獲《と》った肉を食べるのって初めてかもしれないですね」

「ダーティーボアは人気ですからね、取れれば必ず食堂で出てきますよ」

「なるほど。ちょっとうれしいですね」

そうか、自分で取った物を……。って倒したのは生徒達だけど、俺もちゃんと捌《さば》くの手伝ったから良いだろう。

なんか少し、日本じゃ考えられない体験に良いなって思える自分が居た。

カウンターで食事を取ってきた四人も席につくと食事を始める。今朝方シドと揉《も》めたこともあり君島《きみじま》達は少し警戒する様な雰囲気を出していたが、当のシドは端の方でおとなしく食事をしている。パルドミホフに相当絞られたのだろう。それでも色々世話をしてもらったミレーとの会話などを楽しんでいる。

少しずつ雑談から始まり段々と話が核心に近づく。

「それで、ヤーザックさんに聞いたところ、君も連邦軍を希望しているらしいね」

パルドミホフが俺の横にいる君島をじっと見つめて話しかけてきた。

「はい。でも、先生と一緒に居られるならと思ったので。もしほかの州とかに行かなければならないのであれば……」

「うんうん、そこも聞いているよ。君は樹木魔法に秀《ひい》でた精霊をお持ちのようだね。今回ギャッラルブルーからの逃亡劇も君の能力が無ければ成し遂げられなかったと聞いている。能力的には決して連邦軍は断らない人材だ」

「ありがとうございます」

パルドミホフは視線を俺に移し、話を続ける。

「今朝も言った様に、連邦軍としては天位《てんい》の者はその存在だけでも助かるんだ。そして天位の者は時としてその命を狙われる立場となる」

「は、はい」

「私も同じでね。だからこうして常にシドが私のそばにいる……まあ、裏方の仕事をやるには少しばかり行動に問題があるがね」

「パ、パルさん。ちゃんとやってますって！」

シドは焦《あせ》った様に言うが、パルドミホフはチラリとも見ずに話を続ける。

「常に一緒にいる都合上、私の弟子というコイツの様に、ある程度親しい立場の人間が守護騎士という肩書を得てその警護につく。シゲト……先生でいいかな？　連邦軍所属の天位になるなら、私どもの決まりとして守護騎士を付ける必要があるんですよ」

「私に、警護を？」

「特に貴方《あなた》の能力はかなり尖《とが》った物だ。なるべく早く階梯《かいてい》を上げて、もっと抜刀出来る数を増やす必要もあるのですが、その前に警護は付けなくてはならない」

「はい……」

「そこで……出来ればユヅキさんにその任に就いてもらうことで、ユヅキさんの希望を満たすことが出来るのではと」

「君島が？」

「そうです。連邦軍に所属して、かつ常にシゲト先生と一緒にいられる……」

突然のことになんと答えて良いのか分からなくなる。生徒に俺を守ってもらう？　いやいや。そんな危険な――

「分かりました。やります」

「きっ君島？」

「ふむ……。君なら責任を持ってやってくれそうだね」

「い、いや。駄目ですよっ。そんな生徒に俺の盾になってもらう様なことはっ」

「しかし、本人はやるつもりですよ？」

「はい！　連邦軍に入らなくても私はずっと先生と一緒に居るつもりですし」

「ちょっちょっ！　だって。まだ君島だってこっちの世界に来たばかりで――」

「もちろん今の実力では厳しいでしょう。ですからしばらくの間は本部から人間を寄越しますので、ユヅキさんを一流の戦士として育てて貰《もら》おうと思います」

「一流の戦士って……そんな危険な」

「お願いします！」

「お、おい、お願いしますって……」

いきなりとんでもない方向に話が流れる。俺は助けを求める様に仁科に視線を送る。

……だめだ。何故《なぜ》か仁科も目をキラキラさせている。

「パルドミホフさん！　俺も先生の警護やりますっ！」

「ちょっ！　仁科お前までっ！」

「私もやりまーす」

「桜木ぃ〜〜」

思わず頭を抱える。なんで生徒達を俺の危険に巻き込まないとならないんだ……。

慌てふためく俺をよそにパルドミホフさんは冷静に返す。

「うん。しかし君達二人は一応州軍の構成員だからな」

「駄目、ですか？」

「駄目というより……。ミキさんは聖戴《せいだい》の守護を持っている。おそらくだが、ただ普通に階梯を上げていけば自然に天位に手が届くだろう」

「え？」

「ミキさんもシゲト先生と同じ立場になるんだ」

「私が？　ですか？」

「そうだ。そうなれば今のシゲト先生と同じ様に、州軍の手に余る様になる。その時は出来れば連邦軍に入って欲しい」

「おぉ」

「そしてその時は、横にいるタカトさんにミキさんの警護として横に居てもらうこともありじゃないか？」

「私を鷹斗《たかと》君が？」

「俺が桜木の？」

パルドミホフの言葉に二人がびっくりした様に見つめ合う。

……。

「はっはっは。しかし魔法使いの置き換わりはあまりないから……そこまで心配しなくてもいいと思うがね」

話によると、近接職同士は正々堂々の勝負がしやすいが、魔法で戦う場合はなかなか難しいらしい。それでも魔法職同士だとある程度置き換わりが発生するらしいが、魔法職が近接職に戦いを挑まれる様なことはパルドミホフも聞いたことはないらしい。

……あれ？

しかしなんか、この二人……。

二人を見ればなんとなしに恥ずかしそうに仁科が視線を外す。桜木も同じ様に目が全然別の方向に向く。これは二人が何かを意識した瞬間を目撃してしまったかもしれない。

「お、俺は……回復職ですよ？　戦えって言われれば……戦いますけど」

「そう言えばそうだったな……だが、タカトさんの守護精霊も上位精霊であるし、十分に力を付けられるはずだ」

「は、はい……」

何やら考え込む仁科をお返しとばかりにニヤニヤと眺める。横から視線を感じて振り向くとそんな俺を君島が意味ありげに見つめている。

「あ、いや……まあ。青春だよな？」

「……私だって、青春のつもりですよ？」

「ははははは……」

「また先生はそうやって……」

いずれにしても魔法のない世界から来た俺達のために魔法を使っての戦い方のエキスパートなどを紹介してくれるらしい。後は階梯上げにはここの土地はかなり恵まれているだろうから、続ける様に言われる。

少しずつこの世界の事情に巻き込まれ始めているのかもしれない。

その後軽く雑談をしながら食事を終え、解散する。パルドミホフとシドはこのまま明日の早朝には街を出発するということで、別れの挨拶もこの場で済ませる。それにしてもシドが随分とおとなしくなった。俺の実力をある程度認めてくれたのかもしれない。

第五章　ディザスターの足音

次の日「今日も階梯上げ！」という三人について道の補修隊と共に出かける。昨日のパルドミホフの話のせいか、三人ともやる気がすごい。

今日はストローマンさんがついて来てくれる。

「そう言えばこないだミレーさんが魔法でシドを束縛していましたが、やっぱあれって凄《すご》いんですか？」

「そうですね。ランキング三桁の人間を動けなくするのってなかなか大変だと思います」

天空神殿の神官はウィルブランド教国の人間の中ではエリートだと言う。特に天空神殿には様々な世界からの転移者が来るため、戦闘に関してもある程度の実力も必要らしい。

あんな線の細いミレーだが、なかなかの実力者なのだろう。俺はひそかに嘆息する。あれだけの美人で、戦っても強いとは。

この日も問題なく狩りを終える。仁科《にしな》がなかなか三階梯に上がれないとぼやいているが、そんなすぐに上がれる物ならこの世界、強者だらけになってしまうしな。

州軍の詰所に集めた素材などの報告をしに行くと、受付にヤーザックの部屋に顔を出す様にと言われる。俺は仁科達に任せてヤーザックの部屋を訪れる。

「失礼します」

「ああ、すいませんお呼び立てしてしまいまして」

「いえいえ大丈夫ですよ」

「実は昨日のシゲト先生の話を聞かせていただいて少し調べたのですが……」

「あ、もしかして僕らの住まいの話ですか？」

「はい、何でも元々宿屋をやっていたという話で」

「そうですね、確かにそんな感じの建物でした」

さすが仕事が早い。ヤーザックはすぐにビトーの建物の確認をしたらしい。そして問題ないとしてすでに修繕をする大工の選別まで始めたという。

「は、早いですね」

「こういうのは早いほうが良《い》いと思いまして、それにあんな小さな女の子を一人で居させるのも、気にはなりますもんね」

「……ん？」

「ん？」

「いや、女の子？」

「ですよね？」

「あれ？　……ビトーって、男の子……ですよね？」

「え？　いや。女の子ですよ？」

「まじっすか……」

　そう言えば俺はずっと男の子だと思って接していたが、言われてみれば女の子に見えなくもない。いや、そんな言い方したら悪いが。

　やばい。ずっと男の子として接してしまっていた。何か失礼なことを言っていないか心配になる。必死に思い出そうとするが……。たぶん大丈夫だろう。

　ふと顔を上げると、相当俺が焦《あせ》って変な顔をしていたのだろうか。ヤーザックは笑って俺を見ていた。恥ずかしさもあり、慌ててヤーザックに礼を言う。

「重ね重ねありがとうございます」

「いえいえ。先生や大精霊の加護をお持ちの方々をあんな狭苦しい宿舎へいつまでも押し込めているのも心苦しかったので……こちらとしてもホッとしております」

「いえいえ、とんでもない」

俺は再度ヤーザックに礼を言って部屋を後にした。

それから一週間程して、ようやくビトーの宿の修繕の話が進み始めた。部屋の間取りなどの相談をしたいということで俺達は四人で現場に向かった。

現場では数人のノーウィン人の州兵達が家の状態の確認を行っていた。

「駄目だな、ここらへんは木が腐ってやがる」

それはそうだ、五十年近く誰も住まないまま放置した家が、良い状態で在るはずもない。

それでも柱になっている木がだいぶいい素材らしくベースは大丈夫だと。壁材などが崩れたりしているのを直したりとそういう修繕になるようだ。今回の責任者のカムログはブツブツと文句を言いながら建物のチェックをしていた。

「俺達は今の間取りで問題ないので。一人部屋が四つ確保出来れば嬉《うれ》しいです」

「良いんか？　奥さんと同じ部屋じゃなくて」

「え？　いや、あの別に奥さんということでは……」

「ったく。そんなノンビリしてると逃げられるぜ。なあ、姉ちゃん」

「大丈夫ですよ。私は逃げませんから」

「おおう、あっつあつだなあ～。先生！」

バシン！　とカムログが笑いながら俺の背中を叩《たた》く。まいったなあ……。

ドゥードゥルバレーという街自体が、元々はギャッラルブルーとホジキン連邦の他の主要都市を結ぶ街道沿いに在るため宿場町としての意味合いが強いようだ。人の住んでいない家の中には同じ様な宿を思わせる建物も在るが、現在営業している宿はない。

「僕、一階に居るから、二階は全部良いよ」

「悪いな。じゃあ二階の客室を使わせてもらうよ」

ビトーとも話を詰め、使わせてもらう部屋などを決めていく。


話が終わると俺達はカムログの邪魔にならない様に現場を後にする。

とりあえず今日も近場で階梯《かいてい》上げをしようかと話していると、街の中心広場に人混みが出来ていた。何かあったのかと近づいていくと一台の大きな獣車が人混みの原因の様だ。

「先生、行商人ですよ！」

今回俺は初めてだったがギャッラルブルーから逃げてくる間に仁科と桜木《さくらぎ》は一度行商人が来ているところに会っているという。

この村にとっては行商人が来るのは一大イベントだ。州軍の兵士達にとっても大事な行商人だ。使われていない小さな一軒家を行商人の滞在中に無償で貸し出されもする。

行商人が借りる一軒家は街の中央にある広場の周りにあった。家の前に止めてある騎獣車は、荷獣車をそのまま移動販売車の様に改造してあり、それを広げた光景を見るだけで俺達は楽しい気分になる。

集まるのは州兵ばかりではない、数少ない村の住人達も集まっている。皆が買い物をしている間も荷車の上に設置された棚をチェックする。

「おう。お嬢ちゃんよかった。まだいたね」

「えー。それはいますよー」

「ふふ。もっと大きい街に行っちまいそうだって思ったからねえ。そういえば甘い物だったな。色々仕入れてきたぜ」

「やったー」

行商人のおやじが甘い物の並んだ棚を見せる。桜木は嬉しそうにそれを見つめていた。

「おお〜。いっぱいあるね。あと、ほかにも良いの？」

「良いよ良いよ。ていうか。買ってもらわないとおじさんも困っちゃうからね。店ごと買ってくれても良いんだぜ。がははは」

仕事柄、人の顔を覚えるのは大事なんだろう。まだ二回目なのだが行商人も仁科や桜木のことをしっかりと覚えている。

この世界にもお菓子の様な物はある。果汁を寒天で固めた様な硬めのゼリーや、ドライフルーツなどを桜木が買っていく。横で一緒に見ていた君島《きみじま》も嬉しそうに手を伸ばす。どうしても村にいると甘味は少ない。この機会にいっぱい買おうと思うのは当然だろう。神殿から最初に貰《もら》ったお金や、州軍の給料などもあるが、基本的にお金の使い道のない三人はお金に余裕はある。欲しい物をどんどんとカゴに入れていく。

「これ、お酒ですか？」

「ん？　そうだ、そこに並んでる瓶は全部酒だなあ。ほう兄ちゃんいける口かい？」

「そんなには強くないですが、やっぱりたまには飲みたいですね」

「はっはっは。兄さんもエール樽《だる》買ってくかい？」

前述のごとく州軍にはノーウィン人が多い。ノーウィン人はその殆《ほとん》どが大酒飲みであり、酒の中でも特にエールを好んで飲むという。

実際行商人の獣車の三分の一程はエール樽が積んである。ただ、生ぬるいエールをグビグビ飲むよりは、どちらかと言うと日本酒の様な物を飲みたいのだが。

「うーん。米のお酒はありますか？」

「米酒かあ。あいにく連邦じゃなかなか手に入らなくてね。芋の酒とかならあるんだが」

そう言って行商人は焼酎っぽい酒を薦めてくる。俺はこれならとそれを選び購入した。

この世界はファンタジーな世界ではあるが、金貨や銀貨の様な物はない。金銭は全て神《しん》民録《みんろく》に入っている。まるで電子マネーの様に使えるのだ。

そろばんをはじき、金額を提示されると腕の神民録を剣がして会計機の上に乗せる。そして金額を打ち込めば支払いは完了だ。

「ありがとよ、明後日までいるから、何かあったらまた来てくれよ」

「はい、ありがとうございます」

俺の買い物が終わると、今度はカゴに甘味を詰め込んだ桜木や君島が行商人に差し出す。

こうして、順々に皆が買い物を楽しんでいく。

◇◇◇

暗くなってくれば客足は遠のく。この街の住人の人数など高が知れているため、これで明日、明後日と店を開けていればとりあえずの商いは終わってしまう。行商人が荷車の周りに板を取り付けて店じまいをしていると、後ろから声がかかる。

行商人が振り向くと、今日泊まる家の窓から一人の男が顔をのぞかせていた。

「おお。こんな田舎にあんな綺麗《きれい》どころも居るんだな」

「さっきの二人か？　先月来た時から居たんだ。なんでも転移してきたばっかかみたいでな。

あまりこの世界のことは知らなそうなんだよな」

「こんな所にか？　なんでまた」

「良く知らねえけどな、ほら。少し前に転移者がいきなり天位《てんい》の置き換わりをしたって話があっただろ？　どうやらあの女の子達と居た青年がそうらしい。ぼーっとしてるようだが猛者《もさ》なんだろうな」

「……あいつがか？　街で噂《うわさ》になっていたが……」

「多分な、大したもんだ」

片づけを終え、大きな箱の様になった荷車に鍵をかけた行商人が男を振り向く。護衛の男は今までの軽口とは違うギラつく目でシゲト達が去った方向を見つめていた。

「ん？　おいおい。置き換わりのトライとかやめてくれよ。護衛はアンタしか雇ってねえんだから。返り討ちにされたりしたらたまったもんじゃねえよ」

「ははは。ないない。そんな天位堕《お》とせるくらいならこんな行商の護衛なんてしてねえよ」

「チゲえねえ」

護衛の男は笑いながら関係ないという顔で軽口を叩く。

……だがその目には笑いとは程遠い剣呑《けんのん》な物が宿っていた。

◇◇◇

次の日シゲト達が詰所に行くと州兵の一人が声を掛けてきた。

どうやら預けてあった槍《やり》が完成したのだろう。鍛冶場に来てくれということだった。

俺は鍛冶場に槍を頼んだのは君島には内緒にしていた。なんとなくサプライズでプレゼントをしたいと思っていたのだ。

君島達が俺に付いてこようとするが、一人で行ってくる、とそれを断る。今日は元々メラの餌やりの為《ため》に近場で狩りをする予定だったので三人で行ってもらう。

一人鍛冶場に向かい歩いていると、中心広場で村人達と話をしているミレーに出会う。

「あ。シゲトさん。おはようございますっ」

「おはようございます。もしかして、ここに教会を建てる予定なんですか？」

「そうなんです。ここなら村の人々も集まりやすいかなって」

「なるほど。少しずつ村が復興していって欲しいですもんね」

「そうですよね。……シゲトさんはどちらへ？」

「ああ。俺は鍛冶場に行こうと思っていまして」

「鍛冶屋さんですか？　あ、私もついて行ってもよろしいですか？」

「え？　構いませんが、武器を取りに行くだけですよ？」

「はいっ。場所の選定もだいたい済みまして、少し街を歩いてみたいので」

「わかりました。こっちの方です」

鍛冶場は街の中心から少し離れている。俺達はのんびりと会話しながら歩いていく。

ミレーによると、この世界では離れたところにメッセージを送れる魔道具というのも教会だけが持つ技術と言うことだった。各国は教会に設置してあるその魔道具を借りて遠方への連絡などをしていることもあり、教会というのはインフラの一つなのかもしれない。

しばらく街の中を進んでいく。俺達が人のいない道を歩いていると、前から一人の男がこちらに向かって歩いてくるのが見えた。たしか行商人の護衛で来ていた男だ。

俺は軽く会釈《えしゃく》をして横を通り過ぎようとする。しかし男はジッと俺の顔を見つめながら口元を歪《ゆが》める。

「おやおや。昼間から女を連れて散歩ですかい」

「え？　いや……。そういう言い方は――」

「天位様ともなれば多くの女性をはべらせてこの世の天国を謳歌《おうか》する。そう言う訳だな」

なんだ？　男はまるで喧嘩《けんか》を売る様に俺をにらみつける。

いや。喧嘩を売っているのか。男からはゾクリとする様な禍々《まがまが》しい殺気があふれ出していた。俺は男の言葉に怒りを覚えにらみ返す。

「シゲトさん。相手にしてはいけません」

ミレーもその空気に気が付き俺に注意をしてくる。そうだ。天堕《お》ちというのはちゃんとお互いに戦わないと起こらない。相手をしなければ男もどうすることも出来ないはずだ。

「……天位がお望みで？　やりませんよ。俺は」

「ふん。小賢《こざか》しいことを」

「貴方《あなた》は行商人さんの護衛でしょ？　やめましょう。俺もこのことは口外しないので」

「兄貴の天位を取り戻したいのは確かだ」

「え？」

「だが、優先されるのは兄貴の敵討ち……」

男は突然腰の剣を抜き放つと斬りかかってくる。俺は慌てて小太刀に手を掛けるが集中が追い付かない。なんとか小太刀を抜きその剣を弾《はじ》く。

「敵討ちって！」

「……ディザスター」

「なっ！」

男は驚く俺に剣を振り下ろす。突然のことに集中も出来ず居合もままならない俺はそれでも必死にその剣を捌《さば》く。俺の菊水景光流《きくすいけいこうりゅう》には小太刀の技もある。うちの流派では小太刀は攻撃の武器というより防御の意味合いが強い。「雲霞《うんか》」といわれる技で受けていく。

まさに雲に巻く、縦横無尽に動く小回りの利《き》く小太刀ならではの太刀筋で相手の剣をいなし、奇抜な足さばきで相手の距離感を狂わせる。

と、聞こえは良《い》いが……。抜刀からでないと集中の力の働きが弱い。力もスピードも相手の方が一枚も二枚も上手だ。

一合また一合と相手の剣の力に小太刀を持っていかれる。力の差にどうすることも出来ない。一方の男も、俺の動きに最初は戸惑うものの、受けるたびに刀が持っていかれ、体勢の維持に必死になる俺の姿に驚きの表情を浮かべる。

「な、なんでこんな奴《やつ》にカートン兄とフォーカルがっ！」

怒りが増す男は次第に力任せな強引な攻撃になっていく。荒々しい動きだがかえって俺にとっては苦しさがます。

「シゲトさん！」

「死ね！」

剣を受け流せず、小太刀を弾かれた俺に男は鬼の形相で向かう。俺が必死に腰の鞘《さや》を抜き何とか男の剣を受けようとしたとき。一筋の魔法が男に向かう。

「ギアス！」

「んぎっ……なんだ……と！」

懐《ふところ》から短い杖《つえ》を取り出したミレーがシドを止めた様に魔法で男を拘束する。三桁の順位を持つというシドですら拘束した魔法だ、この男の順位がどれほどか分からないがその動きが制約される。

「す、すいません」

「いえ。大丈夫ですか？」

「はい。問題ありません」

俺は慌てて飛ばされた小太刀を拾い納刀する。

「ぎ……ぎ……この……くっそ……」

男はなんとか少しずつ動こうとするが、魔法によりその動きはわずかだ。フー。と深く深呼吸をし命の危険を前に速まる鼓動を必死に抑える。

危険は無さそうだ。俺は少し落ち着いて男を見やる。

「このまま州兵に引き渡しましょう」

「……州兵に？」

俺が言うとミレーは少し悩みながら答える。会話を聞いていた男が言葉を絞り出す。

「俺達……は……絶対に……仲間を……見捨てねえ……」

こういう殺伐とした世界だ。仲間を大事にすることも生き残る手段の一つなのかもしれない。その殺意に満ちた視線に少したじろぐ。

「シゲトさん……」

「そう、だ……俺を……殺しておかねえと……お前の……仲間も……全員……死ぬぜ」

「そ、そんなことはさせない！」

「天位……が、四人……そんな……国……怖く……ねえ」

男の右手がゆっくりと左手に向かう。プルプルと震えながらも男は気合だけで動いていた。その諦めない気持ちに冷や汗が流れる。

その時、キラリと男の左手に腕輪の様な物が見えた。それを見たミレーが叫ぶ。

「いけない！　破魔の腕輪！」

「うおおお！」

男が左手の腕輪に触れる。パリン。その瞬間男を中心に何かが広がっていく。

「拘束が切れます！」

ミレーの言葉は理解できた。あの腕輪でミレーの魔法を破ったということなのか。だがもう、油断などしない。俺は右手で小太刀の柄を握り集中する。

男を中心に広まる何かは俺達まで広がっていく。その空間の中で集中により集まり取り巻いていた魔力が吹き飛んでいくのを感じる。男を見れば、男を取り巻く魔力も感じられない。おそらく魔力そのものを吹き飛ばす様な魔道具なのだろう。

……だが。集中は切れていない。

俺は集中したまま鯉口《こいぐち》を切る。ゆっくりと男は俺に向かって走る。片手に持った剣をふりかぶりながら両手で握る。魔力がないのは相手も同じだ。問題ない。俺は左足で大地を蹴りながら前に出る。同時に抜いた小太刀を振り抜いた。

……。

「あが……。ぐふっ」

地面に仰向けに倒れ、胸を斬り裂かれ口から血を溢《あふ》れさせながら男は俺を見つめる。

「なるほど……ごほっ……速い……だが……それではゴードン兄は……倒せねえ」

「ゴードンも来るのか」

「くっくっく……お前じゃ……ゴホッ……ゴードン兄は……斬れねえ……よ」

そう言うと男はその生を閉ざした。

俺は荒く息をしながらしばらく男の亡骸《なきがら》を見つめていた……。

俺達は鍛冶場に行くのは諦め、すぐに州軍の詰所へ報告へ向かう。ディザスターが知らないうちに村に紛れていたことにヤーザックは顔色を悪くするが、行商人の護衛としてやってきただけにどうしようもなかったと言うしかない。

「なにはともあれ、シゲトさんが無事で良かったです」

「……ミレーさんが居なければ恐らく……」

「運があるということです。これを機に少し気を引き締めましょう」

「そう、ですね」

ヤーザックは俺を気遣い、後のことは州軍に任せて休む様に言う。以前ほどのショックは無かったが俺も再び人を斬ったことで少し気は沈んでいた。甘んじて受け入れる。

男はシギットという名だった。ディザスターの第五席の男で間違いないらしい。

行商人も自分が連れてきた護衛がまさかディザスターの一味だったとは思いもしなかったことでうろたえていたようだ。今後は護衛に州兵をつけるなど対策をするようだ。

君島《きみじま》達も自分達が居ない間に起こった事件にショックを受けていたが、今後来るかもしれないディザスターのことなどを考え、より階梯《かいてい》上げに精を出そうと気を引き締め直す。

そして、シギットの最後の言葉「お前じゃ斬れない」。これが俺の中に深く刻まれていた。俺には「岩通し《いわとおし》」と呼ばれる岩をも斬る技はある。だが、それで大丈夫なのか。

ゴードンは有名ではあったが、その技などの情報はない。階梯上げはもちろん必要だが。

何か他に対策を考えたほうが良いのかもしれない。

なかなか寝付けない夜。俺は一人悩んでいた。

第六章　レグレス

事件から数日、徐々にその緊張感も和らいできた頃、再び村に冒険者が訪れた。

最近は連日根詰めて階梯上げをしていたため、今日はゆっくり起きて軽く村の周りを回っていたのだが、村へ戻り魔石などの精算をしているとヤーザックの執務室へ呼ばれる。

「どうしました?」

「実は昨夜一人の冒険者がやってきまして」

「冒険者が?　やはり目当ては……」

「いや、それが良くわからないのですよ」

「わからない?」

男は昨日夕方くらいにこの街にやってきたらしい。その後俺のことを探すでもなく泊まれるところを探してないことを知ると、街の広場で野営したという。そして、朝になると、道路修理に出る州軍に一緒について行ってしまったらしい。

今日は少し遅めに起きた俺達は、そのままメラの餌やりを兼ねて近辺の森の中を魔物を狩りながら歩いていたため、冒険者の話は全く耳にしていなかった。

「一応、どういう人間かも知りたかったので同行を許したんですけどね。ですので、まだ状況が分からないのですが」

「なんで州軍について行ったんですかね？」

「なんでも食糧を捕りたいと言ってまして、連れていた騎獣もあまり騎獣として使っているのを聞いたことのない珍しい騎獣でして、そっちも大喰《おおぐ》らいだという話です」

ううむ。どういう人なのか全くわからない。だが、先日のディザスターの件もある。どうしてもその話に緊張してしまう。

「まあ、いずれにしても兵達が帰ってきたらその冒険者のことなど聞きますので、それまではなるべく宿舎の方に居てもらったほうが良いかもしれません」

「そうですか、わかりました」

冒険者の話を聞いた俺達はとりあえず外に出ず、宿舎の中に籠もっていた。

宿舎も無関係の人間が入ろうとすれば入れるのだが、州軍の設備であるだけに街の中ではそれなりに人目もあるし、良いだろうという考えだった。

そして、その中に何故《なぜ》かビトーが交じっていた。どうやら君島達もちょくちょく自分達が住む予定のビトーの宿を覗《のぞ》いているらしい。その中でも特に桜木《さくらぎ》がビトーを気に入ったようで連れてきたようだ。

「悪いな、お前達を巻き込んでしまって」

「先生が悪い訳じゃないですし」

「そう言って貰《もら》えると……あ、ちょっとタンマ！」

「タンマってなんですか？　駄目ですよ」

「タンマは、待てだっ、おい仁科《にしな》っ！」

俺は、ビトーの宿に転がっていたという木製のパズルゲームで仁科と対戦していた。いわゆる立体四目並べなのだが、これがなかなか難しい。

そのビトーは桜木にいい様に遊ばれていた。

「ねえねえ。美希《みき》姉って呼んでいいからねっ！」

「ミキ姉？」

「そうそう。ふふふ。かっわい～」

ビトーは困惑しているが、こうやって他人から無遠慮に好意を向けられることに慣れていないのかもしれない。戸惑いながらも嫌な感じでは無さそうだった。

そして俺は大人の威厳を見せたいところだが、その試みはだいぶ怪しくなって来ていた。

「もう、先生。危険な人が来ているっていうのにそんな遊んでばかりで」

実際君島の言うとおりなのだが、ストローマンが言うのを聞く感じだと、そんな危険な感じの男ではないというし。

先日事件が起こったばかりではあるのだが、もしかしたらあの逃亡劇で俺の感覚が麻痺《まひ》してしまっているのだろうか。

……いや。違うな。

「冒険者が居ると言っても、そう何日もここで隠れている訳にはいかないだろ？」

「そうですけど……」

「なんとなく、いざとなったら戦おうって思い始めているんだ」

「え？」

「自分が天位《てんい》になりたいって、それだけで人に刃《やいば》を向ける様な人間のために、俺だけじゃなくお前らの自由まで奪われるって考えたらな……少しムカつく部分は在るんだよ」

「先生……大丈夫なんですか？」

「う〜ん。油断さえしなければ大抵なんとかなるんじゃないか？」

「先生は強いのは分かりますが……」

君島の心配は分かるが、この世界でこうやってこれからも生きていかないといけないんだ。人の生死にも関わることも出てくるだろう。あとは俺の覚悟だけだとも思うんだ。

「まあ、でもだからといってすぐに出ていくって話じゃない。その冒険者が問題なさそうなら、明日はまたお前達の階梯上げに行こう。メラの食事だって必要だろ？」

「そう、ですね」

なんとなく、俺の話を聞いて君島も少し肩の力を抜いてくれる。うん。俺のためにあまりストレスを溜《た》めないで欲しい。

「だからまあ、君島。とりあえず俺のカタキをとってくれ。……仁科が強すぎる」

「ふふふ。任せてください」

君島が俺の隣に座り、不敵な笑みを浮かべた。


その日の夕方に、帰ってきた冒険者の情報を持ってストローマンがやってくる。作業員や州兵達の評判は悪くないということだった。実際に素材の買取を出来るかと詰所にやってきたその冒険者とも話をしたという。

「おそらく問題は無さそうです。ヤーザックさんもそこまでの警戒はしなくて良さそうだと判断していました」

「おお、良かったです。じゃあ、明日からまた外に出ても？」

「はい。一応私もついていきますが、階梯上げですよね？」

「そうです。宜《よろ》しくお願いします。メラも生肉食いたがるんで」

「ははは」


翌朝、俺達はそれぞれ準備をして食堂に向かう。食堂ではすでに州兵達が集まり朝食などを取りながらそれぞれのグループに分かれ予定を確認していた。

今日は道路修理の仕事はないということだが、いつもと同じ様に整備済みの場所まで行ってから森の中を歩く予定だ。ただ何かあったときのために少し人員を増やそうとストローマンさんが選んだ二パーティーが同行する。

食事が終わると村の門に向かう。こうしていつも門の外に荷獣車につながれた騎獣が準備してある。冒険者と同じ様な組織だといわれるが、なかなかにちゃんと分業してあってストレスのないシステムに驚いたものだ。

……と。

「キャッ！」

突然君島の悲鳴が上がる。その切羽詰まった声に俺は慌てて君島に目をやる。君島は一方を見つめたまま凍りついた様に固まっていた。

俺もすぐに君島《きみじま》が見ている方向を向く。

……な、なんで……？

それは俺の目にも映り込む。俺達の記憶の中に恐怖とともに刻み込まれた魔物だ。

荷獣車に繋《つな》がれたセベック達の奥に、一匹の魔物がいた。

ギャッラルブルーで見かけた、あの六連の目のカバの様な魔物だ。

「なっ。なんでコイツがここに！」

俺はすでに腰に手を持ってきている。ここで奴《やつ》が暴れれば大変なことになる。

カバの魔物は俺達のこと等《など》見向きもせずに、セベックの為《ため》に置かれている大きい木桶《きおけ》の水をガバガバと飲んでいた。

いや、六つの目の一つは、ギロリとこちらの方を確実に見ている。

「な、なんだあれ……」

初めて見るのだろう。魔物に気がついた仁科は無防備にも近づこうとする。それを見て慌てた様に君島が仁科の手を引く。

「駄目っ！」

「え？」

「後ろにいろ！」

左手の親指を鍔《つば》に掛けながら俺は一歩前に出る。危険だがすぐに斬れば問題ない。ギャツラルブルーでも、そうやって始末もしてきた。

ぐっと体を沈め、気持ちを刀に集中する。俺の殺気に気づいたのかカバの魔物は不思議そうな目でこちらの方に顔を向けた。

蹴り足がグッと大地を摑《つか》み、一気に魔物に肉薄する。そのまま俺は抜刀し一閃《いっせん》。

魔物を斬らんと鞘《さや》から放たれた刃が魔物に迫るその寸刻。その道を一本の剣が塞ぐ。ギャギィイ！　と耳障《みみざわ》りな不協和音が、俺の刃が止められた事実を告げていた。

……な、なんだ？

停止する刃を前に、思考が滞る。

止めたのは一人の男だった。青味がかった見たこともない不思議な色の剣で俺の刀を抑えながら、困った様な顔で俺を見下ろしていた。

「ちょっとちょっと。俺のジェヌインちゃんに何するのよ。いきなり斬りつけるなんて酷《ひど》くない？」

「……え？　俺の？」

「そうそう。俺の騎獣なのよ。魔物じゃないからさ。収めてくんない？　その刀」

「あ……ああ……」

なんだって？　……止めた？　今の、打ち込みを？

自惚《うぬぼ》れるつもりはないが、この世界で段々と自分の居合の鋭さというのは自覚していた。

俺だけの圧縮された時間軸で、誰にも邪魔されることはないんだと、そう思っていた。

……だが完全に過信であった。

男は伸ばしっぱなしの髪を無造作に後ろで縛り上げ、所々に穴の空いた粗末な服に身を包んでいた。その身なりとは不似合いな、華美に装飾の施された鞘を掲げると、スッと無駄のない動きで剣を収めた。

剣を収める男を見て、俺も慌てて刀を収める。

俺の騎獣、そう言っていたか。少し落ち着いて魔物を見ると、確かに片方の耳にリボンの様な物が結ばれている。コイツはメラの様に従属させられた存在なのだろうか。

しかし、上級の魔物なんじゃなかったか？　コイツは。

たしかにギャッラルブルーで出会い、目があった瞬間に奇妙な鳴き声を上げながら突っ込んできたあの時の魔物と比べて、ギラギラした尖《とが》った雰囲気は感じられないが……。

男は俺が刀を収めるのを見ると、問題ないことをアピールする様に魔物の頭を優しく撫《な》でる。撫でられた魔物は気持ちよさそうに目を閉じ男に体を擦り寄せていた。そんな姿を

見れば何も問題ない魔物であることが分かる。

「も、申し訳ないです」

「まあ、大事にならなかったから良《い》いけどさ。抜く時は気をつけたほうがいいぜ」

「は、はい……」

それにしても……こんな人、この街に居たか？

……ああ。

そうか、この人が例の冒険者なのか。

男は俺達が階梯《かいてい》上げに行くというと、自分も騎獣に飯を食わさなければならないからとついてくる。先ほどの俺の抜刀を防いだのを見たストローマンさんもそのときは顔を青くしたが、先に抜いたのは俺だったのは確かだ。それもあり、笑ってすませているこの冒険者に、来るなとも言えない感じのようだった。

「俺、レグレスって言うんだ。レグさんって呼んでよ」

「レグ……さん？」

「そそ。うんうん。気軽に呼んでよ」

「は、はぁ」

俺達の荷獣車の横で、重量級のカバの上で胡座《あぐら》を掻《か》いているレグレスが話しかけてくる。カバの魔物はヒポッドと言う名前だという。六本足での歩行は地球で見たこともないので違和感が大きいが、背中の揺れが少ないようで乗り心地は案外良さそうだ。

トラウマもあるのだろう、君島はカバの魔物に近づくのが怖いのか、レグレスの反対側に座っていたが、桜木《さくらぎ》は逆に可愛《かわい》い可愛いと大喜びだ。

「ミキちゃん、乗ってみるかい？」

「ええ～。良いの？　レグさん！」

「もちろんだよ、ほら」

「お、おい桜木……」

「鷹斗《たかと》君、ちょっと手貸して」

「えっえっ！」

桜木は戸惑う仁科《にしな》の手を借りて、荷獣車の外枠からピョンとヒポッドの上に飛び乗る。

何が可愛いのか分からないが、カバの耳についたリボンがツボにはまったらしい。

それにしても、この短い時間でレグレスは一気に溶け込んでいる。

どうしても流れに乗せられている気はするのだが、レグレスが悪いやつには見えなかった。昨日一緒に狩りに行った州兵達にも同じ印象を与えたのだろう。

……自分の力を過信するつもりはないが、ヒポッドを狙った抜刀に少しも手加減をしたつもりはない。きっちりと集中をし、十二分の打ち込みだったはずだ。それをスッと横から現れ、こともなく刀を止めた。

俺の時間軸の中で、魔物を含め、そんなことを成し遂げた人を見たことがない。

……何者だろう。

どう考えても、俺の順位なんかより上に居そうな人だが……。決して天位《てんい》を欲しくて来た人間じゃないと言う確信は出来た。それでいて、ストローマンさんもヤーザックさんもレグレスのことを知らないという。

荷獣車をおりると、三つのパーティーが順番でセベックの番をする話になる。飼いならされたセベックは放置しておくと野生の魔物に襲われることが多い。

「もしよかったら、ジェヌイン置いておくよ？」

そこでもレグレスが笑顔で話に入ってくる。それを聞いてストローマンが答える。

「ジェヌインって、そのヒポッドですか？」

「そうそう、一応上級の魔物なんで、ここらへんだったら置いておくだけでも他の魔物は寄ってこないよ？　寄ってきても多分食べちゃうかな？」

「なるほど……。良いんですか？」

「いいよ～。なあ、ジェヌ？」

声を掛けられたジェヌインが、ビヨ～！と返事らしき反応をする。

そのままレグレスは当たり前の様に俺達の後をついてきた。

「……レグレスさんは、階梯上げを？」

「ん？　階梯は良いかな。だから大丈夫だよ。獲物を取ったりしないから」

なんていうか、捉えどころがない。いったい何しに来ているのかも分からない。とりあえず何があっても良い様に警戒を捨てるのだけは止《や》めておこう。

……。

「おおー。ミキちゃん光魔法なの？　良いよねえ。レアだねえ」

「お。レアなんですかー？」

「そうだよ、なかなか光を攻撃に使える人は見ないねえ。光はねえ。攻撃魔法の中じゃ最速なんだよ。極めればやばいんじゃない？」

「ふふふ。極めるー！」

ノリが合うのだろうか、レグレスと桜木は妙に気が合う。それにレグレスは魔法にも詳しいようだ。桜木に魔法使いの戦い方についてのアドバイスなどもしてくれる。特に桜木は天空神殿で教わった光の基本的な攻撃魔法しか知らないのが不満らしい。

「上位の魔法ってのはね、イメージなんだよ。同じ光の攻撃でも、自分の強い魔法のイメージを乗せて、放つのが大事でね。例えば剣だったり、矢だったりと、何か強い攻撃のイメージを作り上げることから始まるんだ」

「うーん。強いイメージ……。何でも良いんですか？」

「そうだねえ。火の魔法でも基本のファイヤーボールから始まって、火の槍《やり》だったり、人によってはドラゴンの形の火を作り出すのもいる。強いイメージを形態化させることでより強い威力をもたせることが出来ると言うんだ」

話を聞くと自分が魔法を使えないのもあり、余計うらやましくなる。

「むむっ！」

「ははは。ミキちゃんも転移してきたばかりでしょ？　自分の元の世界のイメージでもいいと思うよ。自分のイメージしやすい物のほうが力も乗りやすいから」

「ううーん……」

桜木が何かを必死に考えている。ぶつぶつと呟《つぶや》いているのを見るとなかなか良いイメージが思い浮かばないようだ。そのうち困った様に仁科《にしな》に聞く。

「鷹斗君。光ってどんなイメージかなあ？」

しかし聞かれた仁科は少し不機嫌そうに答える。

「レーザービームじゃね？」

「えぇー。それじゃシャイニングアローと一緒じゃん」

桜木は興味無さそうな仁科の答えにプリプリしている。

「んー。よし！　決めた！」

「お、良いイメージ出来た？」

「ひひひ。きっと最高だぜい」

やがて、現れた魔物を前に桜木が眉間にシワを寄せながら魔法のイメージを練る。仁科と君島《きみじま》も心得たとばかりに魔物を譲る。

「虫眼鏡！」

「は？」

「へ？」

桜木の意味のわからない掛け声に俺と仁科が同時に反応する。しかし桜木はド真面目だ。

濃縮された魔力が桜木の上に溜《た》まったと思うと、光が巨大な虫眼鏡の様な形を取る。そのまま……。

「ビ――――ム！」

……なんていうか、虫眼鏡で凝縮された光が魔物に集まる様に円錐《えんすい》の光が魔物を穿《うが》つ。

光の焦点がいい具合に魔物に集まる感じだ。

ギャアと、魔物は悲鳴に似た叫び声を上げながら黒く焦げていく。避けようとするが執《しつ》拗《よう》に光は魔物を追いかけ焼き続ける。

……うーん。でもなあ。虫眼鏡を形成させるというワンクッションが、最速といわれた光の魔法の強みを消してしまっている感がない訳じゃないが……。

「やった！　どうですかー？　レグさーん！」

「おおお。シャイニングアローより威力乗ってるんじゃない？」

「でしょでしょ？」

「それをどんどん使っていくことで、発動も早くなるし威力も上がるから！」

「おおう！　がんばるー！」

まあなんにしろ、桜木が喜んでいるから良いのかもしれない。

「イメージ……」

なにやら横で君島も考え込んでいた。

それにしてもこの人は……。

俺は見る見るうちに生徒達に溶け込み、兄の様にふるまうレグレスを感嘆の思いで眺め

ていた。やはりこれは人間性の差なのかと、自分の凡庸さをかみしめることになる。

当初、桜木と楽しく話すレグレスに、おそらく本人も気づかずに嫉妬の情を抱いていた仁科でさえ、今では戦い方の基本等、様々なアドバイスを受け、完全に心を許していた。

「先生。樹木の魔法を使う人で、昔、武器とか洋服とかに種とかを仕込んで戦った人がいたんですって」

君島もいつの間にかレグレスに懐《なつ》いている。今は君島は触れた植物しかコントロール出来ないが、適性が強いならだんだんと離れた物をコントロール出来る様になるはずだからと自分の魔法の可能性を教わり希望に胸を膨らませていた。

その知識の深さもすごい。


「そういえば、先生は階梯を上げなくていいのかい？」

いつの間にかレグレスまで俺のことを「先生」と呼ぶ様になる。十年も教師をやっていると自然にその呼ばれ方に慣れているため気にはならないが、この距離感の取り方もレグレスの魅力なのかもしれない。

「いや……俺は上級の魔物で上げようかなと思ってるので」

「お。そうかあれだけの打ち込みだしなあ。まあ、上級行くなら付き合うから言ってね」

「ははは。ありがとうございます」

レグレスに俺の居合の欠点を言うことは止めていたが、そんな言い淀《よど》む空気もすぐに酌《く》んでスッと下がる。その感覚も絶妙だ。

本当に何者だろうか。

やがて桜木が体調の不良を訴える。いよいよ桜木も階梯《かいてい》が上がったようだ。以前は俺が君島をおぶったが、今度は仁科が桜木を背負い荷車を置いてある場所まで戻った。

帰りの道中、揺れる荷車の中でカバの背中に寝転んでいるレグレスに目をやる。俺の視線を感じたのかふと目が合う。レグレスは俺の表情を見てニヤリと笑う。

「俺が何者か？　って考えているのかい？」

「え？　いや……」

「そりゃこんなところへ突然正体不明の冒険者がやって来れば警戒するよね」

「ま、まあ……俺が向上心の強い冒険者から狙われるかもって話は聞いていたので」

「そうだろうねえ。天位になりたい奴《やつ》らはウジャウジャいるからね、この世には」

「ははは……」

「まあ、今回ここに来た一番の理由は、やっぱり先生かな？」

「え？　レグさんも……。俺と戦いに？」

「いやあ、それはないね。興味が有っただけよ。二十年くらい前にギャッラルブルーに行ったんだけどさ。そりゃ酷《ひど》い状態だった……」

ギャッラルブルーに？　しかも二十年前？　見た目的に俺とあまり変わらない感じに見えるのだが……。案外年配なのかもしれない。

話を聞いていたのだろう。セベックの手綱を握っていたストローマンも思わず振り向く。

「ギャッラルブルーに？　……え？　貴方《あなた》が？」

「うん、どうなってるか興味あってね。ジェヌインもその時に見つけてきたのよ。あの頃はまだまだ可愛《かわい》い子だったよ。ギャッラルブルーでヒポッドを見たんでしょ？　先生も」

「え？　あ、はい」

「野生のヒポッドに追われたらね。そりゃ見かけれぱ慌てて攻撃しようとしちゃうよね」

「す、すいません」

「魔物を連れて旅をしていればね。そんなこともあるよ」

この人は根っからの旅人なのかもしれない。それも興味があればどこにでも行ってしまう様な。地球でいうバックパッカーの様な人なのだろうか。あんな上級の魔物しか居ない様な奥地にだって行ってしまうとは、実力も相当兼ね備えている。

「五十年前は何万人もの人が住んでいたんだよ、あそこに。それが今では単なる廃墟《はいきょ》に。人が住まわなくなれば驚くほどのスピードで街は荒《すさ》んでいく」

「はい……」

「俺が行った時は、人が住まなくなって三十年ほどの時だったけどね。……美しかった」

「え？」

「人の居ない大都会。無機質な石柱の中に無造作に蔦《つた》が広がり……ただ、ただ、虚《むな》しい廃墟で……。それでいて何故《なぜ》かそれが完璧な姿に見えた」

何か懐かしい思い出を語る様なレグレスに、俺は返事に迷う。

街につくと、流石《さすが》に桜木《さくらぎ》の面倒は君島に任せる。君島や仁科と比べても桜木の眠りの時間は更に長い。おそらく明日の朝まで目は覚まさないだろうと言うことで、宿舎の桜木のブースまで運んでそのまま寝かせてもらう。

俺達はその間に魔物の素材や、魔石を詰所に納める。

今回レグレスさんは自分では魔物を狩ることはしなかったが、色々と為になることも教わったことだしと、希望する肉などを持っていってもらった。かなり大柄な魔物でもジェヌインはぺろっと食べてしまうらしい。

レグレスは街の近くを流れている川でジェヌインと水浴びをすると街から出ていった。

「あの人、絶対悪い人じゃないと思うんですよ」

仁科も言う通り、俺もそう思うが、レグレスはなんとも謎が多すぎた。おそらく実力も相当あるようだが、ストローマンも天位《てんい》にそんな名前が有ったとは記憶していないという。

ちらっとレグレスの腕などをみたが、神民録《しんみんろく》も見当たらなかった。

俺達は詰所への報告が終わると、戻ってきた君島と一緒に夕食を食べ、共同浴場に寄り、今日の活動を終えた。


次の日の昼くらいに桜木の体調は戻った。寝込んでいた時間を考えると力の定着具合がやばそうだ。それに対して、一人だけ三階梯のままの仁科が明日中に上げたいと訴えてきた。俺としては構わないが、まあ桜木と君島次第だしな。

翌日、朝の準備をすると、いつもの様に四人で食堂で朝食をとる。

「僕に優先で回してくださいよっ！」

「俺は今見てるだけだからなあ、そこらへんは桜木次第か？」

「うーん。美希《みき》なあ……。例の虫眼鏡を色々試したがりそうだもんなあ……」

先に食べ始めた俺と仁科が話していると、トレーを持った桜木が後ろからニヤニヤとその話を聞いている。

「へっへっへ。良いよー。上げちゃいなよ！」

「う……。良《い》いんだな？　よし、今日はみんな俺に譲ってよっ！」

出発の準備をしていると、街の入り口でレグレスさんと出会う。

「おはようございます。レグさん今日も行きませんか？」

すぐに仁科《にしな》が声を掛けるが、レグレスはごめんと断ってくる。

「今日はさ、畑仕事の手伝いを頼まれててさあ。ほら、ジェヌインみたいに力のある魔獣ってあんまいないからね」

「畑ですか？」

「そうそう、肉だけじゃねえ。野菜も食べないと体の調子おかしくなるしね。明後日はまた行けるからさ、今日明日はごめんね～」

「あ、はい。大丈夫です」

そうか、さすがに魔物の肉ばかりを食べていれば栄養バランスが悪くなる。商店などがないこの街だと、畑仕事を手伝ったりして分けてもらうしかないのだろう。

その後、頑張った仁科は、なんとか階梯を上げることに成功する。

第七章　賢者

　それから一週間程、レグレスに手伝ってもらいながら階梯上げを続けたりと、代わり映えのしない日々が続いていた。そんなおり、ドゥードゥルバレーは新しい客を迎えていた。

　俺がヤーザックに呼ばれ部屋に入ると、ヤーザックとストローマン、それと見知らぬ人が二人いた。一人は六十歳くらいだろうか、ローブに身を包んだ年配の男性、もう一人は四十歳くらいだろうか、鎧《よろい》を身にまとった中年のすこしふっくらした女性だ。

「ああ、先生。お待ちしておりました」

「はい。えっと。いかがしましたか?」

　聞きながらも、おそらくその二人が何か関係あるのだろうことは分かる。

「はい、このお二人は連邦軍から先生の……いや、皆様の戦い方の指導などをしてくれるということでいらして頂いた方々です」

「おお、連邦軍から」

「はい、こちらはスペルセスさんで。なんと！　スペルト州の賢者なんですっ！」

「け、賢者ですか？　なんかすごそうですね」

「それは凄《すご》いですよっ。ホジキン連邦にも四人しか居ない賢者の一人ですからっ」

「ほっほっほ。まあ、単に魔法が得意なだけの理屈っぽいおっさんだ」

賢者というのはウィルブランド教国にある、ケイロン魔法学院での主席での卒業者に与えられる称号だという。各国が賢者の称号を得るために優秀な人材を魔法学院に送るため、なかなかその称号を国に持ち帰るというのは難しいらしい。

同じ魔法使いとしてヤーザックもケイロン魔法学院の卒業らしいが、大先輩を前にして少々緊張気味であった。

「そして、こちらの騎士様は、マイヌイさんです」

「騎士様、ですか」

「はい、連邦のステルンベルク騎士団所属の騎士様です」

「よろしくお願いいたします。スペルセス師の守護騎士のマイヌイと申します」

「守護騎士、ですか？」

「はい」

連邦では俺やパルドミホフの様な天位に守護騎士を付けるという話を聞いたが、同じ様に、賢者にも守護騎士が一人ついて常に一緒に居るルールがあるようだ。

二人はヤーザックの言う様に君島《きみじま》、仁科、桜木の三人を鍛えることを主な目的に来てくれたらしい。特に守護精霊に聖戴《せいだい》という上位精霊を持つ桜木を鍛えればかなりの確率で天位にたどり着く。その大事な人材を育てることは国としてもかなり重要な任務だということで、賢者であるスペルセスが選ばれたのだという。

ただ、なんとなく最近レグレスさんに生徒の三人は懐《なつ》いて、色々教わっていることを考えるとちょっと複雑な気持ちになる。

そしてもう一つ、二人は俺達に情報を持ってきた。

「まあ、なんだ。ディザスターがリガーランド共和国の本拠から姿を消したらしい」

あまり聞きたくなかった情報だった。

「まあ、情報としては新しいからな、そんなすぐにどうこうって話でもないだろう。共和国からここまでじゃ距離もあるしな」

「でも来るということですよね？」

「来るだろうな。先日も一人来たのだろ？」

「……はい」

スペルセスが言うには、たとえ俺を狙ったとしても距離的に一ヶ月弱は見ていいという。

すでに俺が連邦所属になった情報は世界には出しているらしいが、ゴードンはそれで止まる様な男ではないという。

「……あまり良い気はしないですよね」

「それはまあ。な。だが、乗り越えるべき壁の一つではある」

賢者といわれる男は、まるで大したことでもないと言う様に語る。しかし俺にとってはそれどころじゃない。今までこんな田舎までわざわざ冒険者が俺を狙って来るのか？　という気持ちもあったのだが、俺に恨みを持つ人間の居所が分からなくなったんだ。

こっそりと深く呼吸をして平静を保つ。

そして話としては、三人をある程度育てることがまず優先事項となる。この世界のレベル的な概念として階梯《かいてい》という物があるのだが、それは十階梯まであるという。そして、階梯が上がるほど必要経験値も増え、上がりにくくなっていく。そして八階梯以降は相当大変になるようで、一般的に七階梯の者と聞けば相当のベテランという訳だ。

まずは、今四階梯の三人だが、七までは上げたいようだ。聖戴の守護を持つ桜木なら上手《うま》くいけばそれで天位に到達するかもしれないということだ。

すると、仁科がおずおずと発言をする。

「今まで僕達はレグレスさんにいろいろ教わっていたんですが……。その、レグさんも一緒にって出来るんですか？」

ああ。やはり子供達はだいぶレグレスに懐いているからな。ここ最近の訓練で一緒にやっていたのがかなり楽しそうだっただけあり、仁科の気持ちは良く分かる。

だが、二人はレグレスのことを知らない。

「その、レグレスとは誰ですか？」

マイヌイさんが聞き返してくる。

俺達は、一週間ほど前にこの街にやってきたレグレスという冒険者に、いろいろ戦い方など教わっていた話をする。

「レグレス……。はて、聞いたことがないな？　マイヌイも聞いたことはないか？」

「すいません、私も冒険者のことはそこまで詳しくないもので」

二人は当然聞いたこともない冒険者に警戒心を露《あらわ》にするが、ヤーザックもストローマンも彼は大丈夫だろうと話をすると、興味を持ったスペルセスが会いに行こうと言う。

レグレスはすぐに見つかる。街の門の外で焚《た》き火をしていた。おそらく手伝った農園で貰《もら》って来たのだろう。トウモロコシの様な物を火にくべて焼いていた。

「ほう、お主がレグレス殿か」

モロコシの焼き具合を見ていたレグレスにスペルセスが近づき尋ねる。レグレスはチラッとスペルセスの方を向くと嬉《うれ》しそうに笑う。

「これはこれは賢者殿。そうか、連邦も随分と大盤振る舞いなことで」

「ふうむ。ワシが分かるか」

「なんとなくね。それに響槍姫《きょうそうき》か」

響槍姫? その言葉にマイヌイの目尻がピクピクと動く。おそらくマイヌイの呼び名なのだろう。そんな姿をレグレスが面白そうに覗《のぞ》き見る。

「しかし……槍姫《やりひめ》なんて呼び名を付けられても二十年も経《た》つと厳しいものがあるねえ」

「周りが勝手に呼んでいるだけだ」

「まあ、そうだねえ」

「それで、お前は何者だ?」

不機嫌そうにマイヌイが問いただす。レグレスはそれには答えずに、火にくべていたモロコシを取り上げ、ガブリと齧《かぶ》りつく。

「うんうん。採りたてはやっぱりうまいね。悪いが俺の分しか無くてさ。分けてあげたいのは山々なんだけどねえ」

緊迫した空気の中、ムシャムシャとレグレスの咀嚼《そしゃく》音だけが続く。耐えられなくなった俺が思わず口を挟む。

「えっと……。ほら、レグレスさんは冒険者っていうより、旅人？　なんですよね。きっと……うん。世界の色々な所を旅して、楽しいことを探してって――」

「はっはっは。先生は優しいな～」

「ちょっと、からかわないでくださいよ」

なんとか必死にフォローしようとしたのだが、レグレスはそれを笑って流す。

俺とレグレスのやり取りを見ていたスペルセスがおもむろに鞄《かばん》の中をゴソゴソと探り、紙の包みを取り出す。

「ちょっと火。借りてもいいかな？」

「どうぞ……お。干物じゃない。え？　良いなあ」

包みを広げると、中から数匹の魚の干物が出てくる。その一つを摘むと、ひょいと焚き火の上に設置してある金網の上に乗せる。

「ひっひっひ。これが好きでの」

そう言いながら更に鞄から水筒を取り出し、ポンと封を開ける。途端に辺りに甘めのアルコールの匂いが漂う。

「いい匂いだ……米酒か？」

「うんうん。分かるか？　干物には米の酒が合う」

そう言いながら竹のコップにそれを注ぐ。トクトクトクと小気味よい音が辺りに響く。

火にあぶられた干物からは香ばしい匂いが漂い始める。見ている俺もたまらなくなるが、目の前で見せつけられるレグレスもそうなんだろう。モロコシを食べる手も止まり、チラチラとスペルセスの手元を見ている。

「どうだ？　飲むか？」

「……良《い》いのか？」

ぐ……。さすが賢者だ。完璧な餌で、完璧なタイミングで、完璧な一言を掛ける。レグレスの食い気味な問いに「当然じゃろ」と、竹のコップをもう一つ鞄から取り出す。そこに酒を注ぐとレグレスに差し出した。

レグレスはそれを受け取るとグビッと口にする。

「うん。良い酒だ！」

「当然だ。エンマー産だぞ？」

レグレスの感嘆にスペルセスはさも当然の様に答え、あぶられた干物を手で摘むと半分に割く。そしてその半分をレグレスに差し出す。

「これも必要だな」

「間違いない！」

レグレスは干物を齧《かじ》ると、うんうんと頷《うなず》きながら酒を口にする。スペルセスは満足そうにその姿を見ると、自らも干物を口にし、酒を飲む。

……な、なんだこりゃ？

突然始まった謎の交流に俺達は口をあんぐりとあけ眺めていた。

「まあ、あとはスペルセス師に任せましょう」

しばらくするとマイヌイがそう言い、俺達に声を掛ける。楽しそうに酒談義を始めた二人に入り込むスキはない。しょうが無しに生徒達に声を掛けとりあえず俺達は食堂に昼飯を食べに行くことにした。

食事を取りながら、なんとも先程までの光景がやっぱり違う文化の世界なんだなあと感じる。日本であまり見かけないやり取りだった。二人のことをまったく気にしていないマイヌイに思わず話しかける。

「スペルセスさんって、なんていうか……変わってますね」

「ふふ。そうですねえ。でも頭の良い人って変わった人多いですから」

「なんとなく分かります。それ。レグレスさんもなんとなく似た様な匂いがするから……合うかもしれませんね」

「はい。なんとも不思議な人ですね。あの人も」

それでも、マイヌイもスペルセスのことはかなり信用しているようだ。レグレスのことはこれで大丈夫と言う様に、美味《おい》しそうに山盛りの食事を食べている。そんな姿を眺めながら、昔はもっと痩せていたんだろうか？　と考える。

「……先生」

「ん？」

「失礼ですよ」

「お、そ、そうだな」

「私の前で他の女性をマジマジと見つめるなんて……」

「え？　そっち？」

「当然です」

「ははは……」

その後、食事も終わり、メラの食事用にと近場の魔物を探しに外に出る。二人はまだ酒を飲みながら何かを話していたが、俺達はそのままそっと森の中へ向かった。

メラが産まれてかれこれ一ヶ月は経つだろう。まだまだ飛べる感じではないがこのところ少し形がシャープになってきている。

そのメラはファイヤーバードと言う割に水浴びが好きで、食後に街のそばを流れている川で水浴びをさせていた。

「ヒャッ。冷たい〜」

川に来ると、生徒達はすぐに靴を脱ぎ川の中に入っていく。この川は山の上から流れてくるからか、キンとした冷たさが心地よい。だが流石《さすが》に村の直《す》ぐそばとはいえ、城壁の外だ。一人くらいは警戒していたほうが良いだろうと、俺はそのまま川岸の大きめな石の上に腰掛け、はしゃいでいる生徒達を見ていた。

放っておくとどんどん水の中に入っていってしまうメラを追いかけて、君島《きみじま》も川の中に入っていく。濡《ぬ》れない様にと裾を膝の上までまくりあげ、ほっそりとした白い両足が水しぶきを上げている。

「私以外の女性をマジマジ見るな……。か」

俺は知らぬ間に視線を君島に向けてしまうのに必死に抗《あらが》う。

……それにしても。こうやって無邪気に遊ぶ子供達の姿は久しぶりかもしれない。日本にいればまだまだ思春期真っ盛りの子供達だ。それが突然こんな異世界へ飛ばされ、成人儀礼を受けるがごとく、思春期を満喫する前に大人として扱われる様になる。

ここの村は何もない田舎だが、意外といい場所なのかもしれないと感じた。

帰ってきた時も、まだ二人は楽しそうに語り合いながら飲んでいた。雰囲気も良さそうだ。酒が入っていたと思われる水筒が何個か転がっているのを見ると、一杯どころの話じゃない。俺達はあまり近づかない様にして、村の中に入っていく。

一夜明け、食堂で朝食を食べていると、スペルセスとマイヌイの二人がやってくる。

昨日はだいぶ飲んでいたのだろうか、少し眠そうな目のスペルセスが、野菜だけが載った皿を手に俺達のテーブルに座る。

「昨日、レグレスと今後の予定を決めたんだがの」

「レグさん、と?」

「うむ。まあ、あやつは信用して良いだろう。それでだ。そこの三人はワシとマイヌイの二人で鍛えることになった」

なるほど、連邦からの二人が生徒達を。……ん？　じゃあ俺は？　そう思った時。君島が質問をした。

「えっと、それでは先生は？」

質問されたスペルセスはニヤリと笑うと答える。

「シゲトはレグレスに任せる」

「私も、先生と一緒じゃだめですか？」

「レグレスに頼んでシゲトには奥地に行ってもらう。そう、五回抜刀すれば魔力が切れるなら、上級の魔物とやらせるのが最も効率が良い」

「そうですね……。私も……」

「もう少し階梯《かいてい》が上がったらだな。申し訳ないが今はまだ足手まといになるだろう」

「……はい」

反論もできないスペルセスの言葉に君島が黙り込む。

その姿を見たスペルセスは好々爺《こうこうや》の様に声を柔らかくして君島に語り掛ける。

「じゃが、すぐだ。すぐにお前達もそれなりに育て上げるつもりだ。ランキングも四桁になれば上級の魔物の居るゾーンに行ってもある程度は戦力になる。それまでの辛抱だ」

「はい」

「それに、シゲトがディザスターに命を狙われている恐れがあるのであれば、本人の階梯も上げられるだけ上げたほうが良い」

そうか……また奥地に行くのか。確かに俺が弾切れになっても、レグレスなら。そう思える。スペルセス達が桜木《さくらぎ》を中心に育てに来た話を聞き、実際俺も焦《あせ》りを感じていた。

仁科《にしな》と桜木もこの予定に納得する。魔法に関しては賢者の称号を持つスペルセスなら任せられる。マイヌイもそれなりに有名な騎士と言うし。

そしてストローマンが俺に手渡してきたのは、あの日々を食いつないだ思い出の携帯食だった。微妙にケースなど違うが、おそらく同じ様な物なのだろう。

……ということは。

「泊まり、ですか？」

「流石に奥地だと移動するだけで数日かかりますので」

「……ですよね」

また野営と携帯食の日々か……。しかし俺が強くならないことには自分どころか周りの生徒まで危険に巻き込むことになるだろう。

「例のディザスターが来るとしてもまだまだ時間は在りますからね」

「本当に来るんでしょうか？」

「それは分からないが、それ以外にも野心を持つ者は多いです」

「……ですよね」

「こういった置き換わりが起こった時は、その最初が大事なんですよ。この天位《てんい》はやはり強かったと、話も広がれば、無駄に命を賭ける様なやつが減るんです」

最初か。心も鍛えてもらわないとな。

今日も階梯上げに行くだろうということで、準備は出来ている。食事を終えると街の門まで行き、そのまま出発することになる。

門に行くとレグレスと話をしているミレーがいた。ミレーは俺達に気がつくと小走りに近づいてきた。

「シゲトさん。話は聞きました」

「あ、ああ。レグレスさんとちょっと階梯を上げに――」

「レグレスさんから私も来る様に言われて……」

「え？　いやしかし……」

突然の話に困った様にレグレスの方を見れば、レグレスはいつもの様に笑っている。

「先生。ジェヌインちゃんなら三人くらい大丈夫だよ」

「い、いや。そういう問題じゃなくてっ」

「私は大丈夫です。これでも天空神殿に勤める神官ですよ」

そう言われてしまえば何も言えない。レグレスが誘ったんだ。俺に拒絶は出来な——。

「や、やっぱり私も行きます！」

「え？　君島？」

今度は君島が俺達についてくると言い出す。慌てて君島を見ると、チラチラとその視線をミレーに向けている。

……そういうことか。

どうしたものかと逡巡《しゅんじゅん》していると、ミレーが君島に近づいてきた。

「ユヅキさん。大丈夫ですよ。シゲトさんは無事にお返ししますから」

「ミレーさん……。返すって……」

「ふふふ。自信を持ってください。シゲトさんのお気持ちは貴女《あなた》に向いていますわ」

「え……」

なんだか話が変な方向に向いている。お、俺はここに居て良いのだろうか。そんな俺を向いてミレーがいたずらっぽく笑う。

「ね？」

「えっと……」

「本当ですか？」

「あ、まあ……。その……。何ていうか。だ、大丈夫だぞ」

「……はい！」

こんな返事で良かったのだろうか。君島はパッと顔を明るくする。

「あと、これ。渡すタイミングがこんな時になってしまったが」

俺は君島に例の薙刀《なぎなた》を差し出す。君島もすぐにそれが二人で逃避をしているときに拾った穂先の物だと気が付いたようだ。

「いつの間に。……ありがとうございます」

君島は受け取った薙刀をぐっと握りしめた。


生徒達三人が荷獣車に乗り込み、俺はレグレスのジェヌインの背中に乗る。カバに乗る時には少し緊張したが乗ってみれば背も広く具合は良《い》い。俺とミレーも楽に座れる。

途中までは一緒のため、獣車の前をゆっくり進んでいく。やがて道が未補修の部分まで来ると、道の補修をする作業員や、生徒達は荷獣車から降りる。

「……じゃあ、お前らちゃんとスペルセスさんやマイヌイさんの言うことを聞くんだぞ」

「わかってますよ」

「あまり無茶をするんじゃないぞ。何よりも命が大事なんだから」

「大丈夫ですって」

「そうか……君島。皆を頼むぞ」

「先生も気をつけて」

「ああ……」

少し目をうるませて俺の方を見つめる君島を見れば心が揺れる。許されればこのまま近づき抱きしめたい欲望に駆られる。俺はグッと気持ちを抑え深く深呼吸をする。

……しかしここまで来たら皆を信じるしかない。

俺の別れの挨拶の終わりを読み取り、レグレスがジェヌインを進める。

こうして俺の階梯上げ合宿が始まった。

◇◇◇

「で、……聖戴《せいだい》は、光魔法だったな」

「美希《みき》ですよ。光ですよー」

「おおう、すまん。最近人の名前を覚えるのが苦手でな。ミキ。ミキ。ミキ……うんうん」

「ミキミキでも良いですよ」

「ミ、ミキミキ？」

「はははは」

重人《しげと》がレグレスと階梯上げの為《ため》に奥地へ向かい、残された三人は、スペルセスとマイヌイの二人から指導を受けながらのトレーニングを始めていた。

スペルセスは桜木の現在使える魔法での戦い方を見たいという。当然教える立場の人間としてはまずは生徒の実力を知ることから始めるのは当然だ。

それから三人で一緒に行動すると、階梯上げについても効率が悪くなりそうだと、マイヌイが仁科を連れて少し離れた場所に向かった。

桜木がスペルセスに言われるままに、新技の「虫眼鏡」を披露する。この世界にも拡大鏡という物は在るが、賢者といわれるスペルセスでもそれを光魔法のイメージとして使うのは見たことがなかった。

「なんと……」

「どうです？　えへへへ」

「うーん……しかし、攻撃スピードに長じる光魔法の特性を考えると、拡大鏡を作り上げてからの攻撃は、……うーむ」

「えー。駄目ですか？」

「いや、攻撃力はありそうだからそれはそれで良いと思うが……」

自信満々の桜木とは違い、その攻撃を見てスペルセスは悩む。通常最速の光魔法を貯《た》めの多い使い方をするというのは魔法学上、悪手と見られる。だが、スピードに特化した分、威力が弱めになると言われている属性傾向の欠点を補う利用方法に駄目とも言えない。

まずはその魔法を使い続け、展開スピードを上げていくことにする。

「ユヅキは、樹木だったね？」

「はい」

「攻撃に使うことはしているのか？」

「いいえ、特には……離れたところの樹木を遠隔で操作できないかと言われて、練習をしているんですが……」

「それは、レグレスにかね？」

「あ、はい」

「ふうむ……」

スペルセスは腕を組み、しばし考え、やがて口を開く。

「樹木魔法の遠隔操作は理論的には不可能じゃない。だが段階としては少し早いな」

「早い？」

「うむ。もう少し魔法という物に慣れて、その造詣《ぞうけい》の深みにて摑《つか》み取る物だ。レグレスは、直感的にそういった物を行うことが出来るのであろうが、段階を踏んだほうがよいな」

「……わかりました」

実際、君島《きみじま》はレグレスのアドバイスで樹木の遠隔操作の練習をしていたが、その感覚すらいまだに摑めないでいた。魔法学院で魔法の基礎から身についているスペルセスのやり方の方が間違いなく正しいのであろう。

スペルセスは、森の中に生える木々を見繕いだす。

「やはり、使いやすいのはツタかの」

そういうと、木に巻き付いていたツタを引っ張り剝がし、巻きヒゲの部分をちぎる。それを数本集めると君島の元に戻ってきた。

そのままその巻きヒゲを器用に編み込んでいく。

「腕を出しなさい」

「こう、ですか？」

言われるままに手を出すと、編んだ巻きヒゲを君島の腕に括《くく》り付けた。

「ミサンガだ！」

それを興味深そうに見ていた桜木《さくらぎ》が声を上げる。確かに細い巻きヒゲを編んだそれは、ミサンガに見えなくもない。「ミサンガ？」そう聞き返すスペルセスに、君島が日本でそういう装飾品があったという話をする。

「なるほどな。まあ、現実問題それに近い意味合いで着けてる者はこの世界にも多いぞ」

「そうなんですか？　でも生モノだと枯れちゃいますよね？」

「樹木魔法の適性のある者がこれを身に着けていれば装着者の樹木魔法を吸うからな、いつまでも枯れることなく状態を保つことが出来る」

「おお、じゃあ私も出来ますか？」

「ん？　ミキも樹木魔法の適性があるのか？」

「え？　あ。ダメだったかも……」

「じゃあ、無理だろうな」

着けられたツタを君島が不思議そうに見つめる。確かに装飾品として自分に触れていれば樹木の魔法を通してこの青々とした状態のままで居ることは出来そうだ。しかし、それが何を意味するのかが分からなかった。何かの訓練なのか。

「わからんか？」

「はい……」

「生きている植物がそこにある。そこに魔力を通せば——」

「あ！」

「分かったようだな。そう、そこからツルを伸ばし、望むことを行う。その植物の特性を生かし、用途用途で様々なこのプラントリングを身に着けることでその植物の狙った効果を生み出すことが出来る」

「なるほど……」

スペルセスは魔法学院を首席で卒業した男だ。自分の得意とする属性以外の魔法への造詣も深い。君島が腕のプラントリングに意識を向けると、確かに繋《つな》がる感覚を得られる。さらに魔力を流し込むとニョキニョキとツルが伸びていく。

「おお～。先輩かっこいいですね」

それを見て桜木も興味深そうに覗《のぞ》き込む。

感覚が分かったのだろう、君島が前方に腕を伸ばすとシュッと伸びたツルが先にあった木に巻き付く。しばらくその感覚を確認すると、桜木の方を見てニコッと笑う。

「ふふふ。良いでしょ？」

「なんかオシャレですー」

普段、樹木の魔法を使う様に魔力を操作することで、すぐに伸びたツルも枯れる様にボロボロと崩れていく。そして、腕に結ばれたプラントリングは元の様に腕輪の状態になっている。それを確認すると嬉《うれ》しそうにスペルセスに向き直る。

「ありがとうございます、これ、とても便利ですね」

「ふむ、大丈夫そうだな。……かつて仇毒《きゅうどく》と呼ばれた樹木魔法の使い手がおってな」

「仇毒？」

「そう、禍々《まがまが》しい呼び名をつけられたものだが、世の中のあらゆる毒草のプラントリングを体中に纏《まと》い、多くのランカー達をその毒で下した。しかしその当人も長年毒草を身に着け続けることで、いつしか体に溶け込んだ毒でその身を滅ぼしたという」

「そんな……」

「だからな、身にまとうプラントリングは良く選べ。そして樹木魔法がより己の身に馴染《なじ》めば、あるいはいつしか遠隔での操作も可能となるだろう」

◇◇◇

一方の仁科《にしな》はひたすら森の中を走らされていた……。

「はぁ、はぁ、はぁ」

目の前の少しふっくらした女性は何者なんだろうと、仁科は何度目かの自問を行う。君島先輩らと別れるとすぐに、「戦うぞ。付いてこい」と一言告げると森の中を走り始めた。それから、ずっと走りっぱなしだ。

この世界に来て神の光という物を受け、自分の身体能力が今までの状態とは全く違うというのは知っていた。それに増して三回の階梯《かいてい》の上昇によりさらに基礎体力も増えている。今の自分だったらマラソンだって走れそうだとも考えていた。

が、マイヌイは全力疾走に近い状態で森の中をひたすら走っていく。マラソンなら四二・一九五キロを走破出来るとしても、全力疾走でそれは無理だ。仁科は限界を超え、魂を削られる様な思いで走りまくっていた。

そして、マイヌイがその走りを止めると目の前には魔物がいる。

「行け。効率を考えろ。最小の動きで攻撃を避け、最小の動きで止《とど》めを刺す」

「はぁはぁはぁ……はい！」

ノーと言わせない圧力を持った言葉だった。仁科は呼吸を必死に整えながら剣を抜く。体育会系の厳しい剣道部で仕込まれた根性がなんとか仁科を支えていた。

仁科は、この世界に来た頃は刀を使っていた。剣道をやっていたのだから、剣より刀だろう。漠然とそう思い選んでいた。それが今は、桜木の持っていた剣を使っている。

居合を使うことでその能力値を大幅に上げるという重人の戦い方を見て、ふと、あの刀が盗まれたり折れたりしたら、先生はその技を使えなくなってしまうかもしれない。そう考えた仁科は、自分の刀は先生の予備にしようと、そのまま鞄《かばん》に封印することにした。そしてその話を桜木にすると「私は魔法しか使わないから」と言うので、桜木の使っていた剣を借り受け、それ以来それを使う様にしていた。

実際、刀から剣に変えてもそこまで違和感なく移行できたため、本人もそれでいいと思っていた。初めは両刃という物に怖さも感じていたが、使い慣れれば問題はなかった。

目の前で臨戦態勢をとっている魔物はバーボンキャットと呼ばれる、ヤマネコの様な魔物だ。体は大きくないが動きが素早いため仁科は苦手としていた。コイツが居ると大抵は桜木がレーザーの様なシャイニングアローでダメージを与え、スピードが遅くなったところを仁科や君島が止めを刺して戦っていた。

フー！

威嚇をしてくる魔物にジリッと間合いを詰める。

「階梯だって上がってるんだ。行ける！」

仁科は、剣道の打突癖も最近ではだいぶ抜けて来ていた。天空神殿で俺達に教えてくれた神官のアドバイスや、ドゥードゥルバレーに来る前にヴァーヅル周辺で階梯を上げた際に、州兵に教わったコツなどを自分の中で整理して戦っていた。

おそらく基本部分に関してはマイヌイにも何も言われないのでこのまま良《い》いのだろう。

しかし、最小の動き。これが難しい。

――最小の動きか。

簡単に言えば、威力を出すためには大きく振りかぶるほど良い。だが、大きく振りかぶれば振りかぶる程スキは出来る。そのバランスなのだろうが……。

「もう少し無駄を省けるな」

魔物にとどめを刺し、肩で息をしている仁科にマイヌイが淡々と告げる。すぐにナイフを取り出し魔石を摘出する。他の部位に関しては無視しろと言われた仁科は急いで作業に取り掛かる。それが終わるとすぐに走り出す。

――くそったれ。

マイヌイの目を盗んで休憩を取りながらゆっくりと作業を……なんて出来ない。それだけの圧を受け続けていた。

　はぁはぁ……。

　重人《しげと》と同じ様な気配を察知するスキルでも在るのだろうか。意味もなく走り続けているようだが、マイヌイはすぐに魔物を見つける。

　――ど、どこだ？

　マイヌイが立ち止まり、「敵だ」と告げられるが、辺りには何も見えない。仁科は馬鹿にされているのかと、マイヌイの方を振り向くが、マイヌイは至って真面目な顔で仁科の方を見返す。

「ど、どこです？」

　その瞬間、嫌な感覚に襲われた。音は無く、しかし風が動く感じとでも言うのだろうか。その悪寒《おかん》に振り向くと、仁科の太ももくらいの太さがありそうな大蛇が、口を開きまさに喉笛に噛《か》みつこうと飛びかかってきていた。

「うぁあああ！」

　反射的に、手にした剣で大蛇を弾《はじ》く。グゥワアンという剣が弾かれる様な音と共に体勢を崩され膝をつく。急襲に失敗した蛇は、地に着くと同時に滑る様に再び仁科に向かう。

「すぐに立つ！」

生理的な嫌悪《けんお》感に眼《め》をそむけたくなるが、それは死を意味する。マイヌイの声に仁科はすぐに立ち上がり大蛇に向き直る。まだしびれる手で強引に柄を握りしめ、必死に剣に魔力を通す。その瞬間再び大蛇は飛び掛かる。

飛び掛かる大蛇は仁科からみて完全な点になる。振りかぶる間もないまま斬り上げる様に強引に弾く。今度は大蛇の重量にも負けずに踏ん張る。鼻頭を斬られた大蛇が一瞬怯《ひる》んだスキを逃さず今度は仁科が追撃をかける。

「ひっ！」

……。

やがて動かなくなった大蛇を捌《さば》いていると、後ろからマイヌイの声がかかる。

「もう少し魔力の通しを淀《よど》みなく出来る様にした方が良い。それが出来ていれば一番最初の返しの段階で魔物の顔を断つことが出来たはず」

「は、はい」

「相手の攻撃に対するとっさの防御は出来ていると思うが、もう少し防御で受けるより攻撃で受けるくらいのイメージをしてみなさい」

「攻撃で？」

「そうだ、相手の攻撃に対して防御に徹すれば、相手は自分の防御を考えずにより強い攻撃を続けることが出来る。押し切られるぞ」

「はい」

「丁度良いことに、魔物というのは攻撃一辺倒が多いからな。魔物を相手にもそういう意識を持て。特にタカトは治癒魔法に秀《ひい》でているんだろ？　多少の傷など治しながら戦え」

「ま、マジっすか……」

「攻撃を恐れない相手程、怖いものはないからな」

「……やってみます」

痛いのは嫌なんてとても言えない雰囲気に、仁科はうなずく。

そしてマイヌイは満足した様に次の獲物を探して走り出した。

◇◇◇

君島《きみじま》達と別れた重人は、ジェヌインの予想以上のスピードに必死に耐えていた。そのスピードはセベックを飛ばした時の比ではない。さすが上級の魔物なのだと改めて感じる。

一方で、前に座っているミレーは涼しげにレグレスと会話をしていた。

「ヒポッドを騎獣にしているなんて初めて聞きましたが、揺れも少ないし快適ですね」

「そうでしょ？　でもはじめは結構荒かったかなあ。少しずつ乗り心地の良い走り方を教えていったんだよ」

轟轟《ごうごう》と風を切り裂く中、自然と二人の声は大きくなる。何やら風の魔法で声を通りやすくしている様なのだが、俺には全く理解不能だ。

「それで、どこまで行く予定なんですか？」

「うーん。一応行けるところまでって思ってるけどね。効率を考えるとギャッラルブルー鉱山が良いと思って」

「え……。ギャッラルブルーって……」

「大丈夫だよ。俺、前も行ったし。先生もいるからね」

「は、はあ」

ミレーも奥地へ階梯上げに行くとは聞いていたが、まさかギャッラルブルーまで行くなどとは考えていなかったのだろう。当然、俺も漏れ聞こえる話に大丈夫かと不安になる。

やがて、ジェヌインのスピードが落ち始める。何だと思い顔を上げると道の先をレグレスがじっと見つめている。

……あ。

「レグさん。この先、イノシシみたいな顔の人達がいっぱい住んでいる集落が……」

「うーん。ハイオークね。カートンがだいぶ減らしちゃったみたいだね、まあ奴《やつ》らは増えるのも早いけど」

「え？　よく知ってますね」

「うん。まーね。どうしよっかな。やっぱり迂回《うかい》するか」

そう言うと、レグレスは手綱を引きジェヌインを森の中に入れる。先程の様なスピードは出せないが、魔物の集落を迂回して進んでいった。

そして集落を迂回すると再び街道へ出て道を進んでいく。なんとなく見覚えのある風景に、君島と必死で逃げてきた時のことが思い出される。

必死に逃げてきたのに。また行くのか……。俺は不思議な感覚に陥っていた。

「うーん。先生。かな？」

しばらく街道を進んでいくとレグレスはジェヌインを止め俺の方を見る。確かに周りからは覚えのある気配が漂っていた。この数頭で気配を隠す様に進んでくる感覚はあの狼《おおかみ》の魔物に違いない。

「やっぱり俺ですか？」

「先生の階梯上げがメインだからね。ギャッラルブルーに居るのよりは少し下のランクだけど、いい糧《かて》にはなりそうかな？」

「え？　シゲトさん一人でですか？　大丈夫なんですか？」

「ミレーちゃんも信じられないでしょ？　これでも階梯《かいてい》も上げずに上級の魔物を倒しちゃった人なんだよね」

「だけど……。そう、ですね」

ミレーは不安そうにしているがレグレスが言うと渋々受け入れる。俺はジェヌインから降り、腰に手をやりながら気配のする方へゆっくり歩いていく。

気配はヒポッドにやや躊躇《ためら》いながらであったが、俺がレグレス達から離れていくとすぐに狙いを俺に絞った様な動きに変わる。

――三匹か。まずは……。

狙いを変えたせいか、三匹の配置が崩れる。魔物は藪《やぶ》の中に居るためにその姿は見えないが左に二匹、右に一匹という感じだ。俺は集中しながら左にいる二匹に向かい茂みの中に突っ込む。

突然の動きに驚いた魔物が慌ただしく動き出す。コイツ等《ら》の動きはだいぶ把握している。前への突進力は強いが、後ろへ下がるのは苦手だ。機先を取られ相手に突っ込まれると少し動きがもたつく。

抜刀の構えのまま茂みを抜ければ驚いて固まる狼の魔物がそこにいる。二匹雁首《がんくび》をそろえる狼の頭を一瞬で刎《は》ねる。後ろの一匹は慌ててこちらに向かっているが、もう遅い。

すでに納刀し次の抜刀の準備を終えた俺は、ゆっくりとスローモーションの様に飛びかかってくる狼をそのまま屠《ほふ》る。

……。

茂みから顔を出すと、ミレーがあっけにとられていた。

「終わりました」

「そんな……。もう?」

「あ、俺は抜刀しか出来ないんで、抜いたら終わる様にって」

「終わる様にって……」

ミレーは先日ディザスターの一味とやりあった時に俺の抜刀は見ている。それでもこの近辺の上級の魔物をあっさりと退ける事実に戸惑っていた。

ここから魔物を狩り続けることを考えて、魔石だけを取り出して進むことにする。残った死骸はジェヌインが嬉《うれ》しそうに平らげた。

こうして俺は魔物を狩りつつ、ギャッラルブルーに向けて進んでいった。

第八章　様々な思惑

重人達が発《た》って数日。ストローマンは南門の門番によばれて村の中を走っていた。日はだいぶ翳《かげ》り、夕刻から夜へと移り変わろうとしている時間だった。

ストローマンが南門につくと、門番の一人が冒険者らしき三人と話をしていた。

「どうした？」

「あ、ストローマンさん。冒険者のようです」

「ふむ……。こんな辺鄙《へんぴ》な村にどんな用だ？」

ストローマンが尋ねると冒険者のリーダーらしき男がフードを外す。フードの下には色白な、女性と言われても納得できそうな程の整った顔が現れる。だがその目つきは精悍《せいかん》で歴戦の猛者《もさ》を思わせる眼光だ。左右の髪から飛び出た耳はエルヴィス人の特徴だ。

「いやあ、思ったより遠かったな。なーに。ちょっと階梯上げをと思ってね」

「ここは滞在するにしてもなにもない街だぞ？　食堂どころか宿屋もない」

「ん？　だがここはドゥードゥルバレーで良《い》いんだろ？」

「ああ、それは間違いない」

「階梯上げにいい場所と聞いてきたんだ。どうせ階梯上げで街にはいねえよ」

「……わかった。他の二人もフードを取ってくれ」

そう言われて後ろの二人もフードを外す。ストローマンは三人をじっと見つめる。

「神民録《しんみんろく》は色とか付いてないだろうな」

神民録は剣がさないでも、悪事を働きカルマが貯《た》まれば色が次第に黒くなる。だが国境のゲートならいざしらず、村の門を潜《くぐ》るだけで神民録を求められる様なことは普通はない。

おや？　と言った表情でエルヴィス人がストローマンを見返す。

「神民録を？　……何かあったのか？」

エルヴィス人の男の言葉にストローマンは慌てた様に答える。

「いや、ただ、たまに冒険者が揉《も》め事を起こしたりするからな」

「大丈夫だ。俺達は真っ白さ」

「本当だな。……ま、まあ良い」

「それにしても随分警戒してるな。なんかあったのか？　たかだか階梯上げによ」

「……いや、問題ない。魔物との前線の街だからな。色々な人間が集まるんだ」

「ふん。……ま、俺達は階梯が上がれば十分だ。それは信用していいぜ」

そう言うと三人は街の中に入っていく。確かに階梯上げをしに来る冒険者は居ない訳じゃない。とりあえず重人《しげと》が居ないことに、ホッとするストローマンだった。

三人の男達は、街の広場で幕を張る。石畳の上で薪《まき》を組み上げていた小柄な男がエルヴィス人の男に話し掛ける。

「ブライアン、どう思う？」

「当たりだと思うな」

「やはりそう思うか。警戒が強すぎるな。さて、後は相手を見つけるだけだな」

「ま、急がなくても良いさ。適当に階梯上げを続けながら絞れば良い」

かつては人で賑《にぎ》わっていたであろう広場も、今では歩く者も稀《まれ》だ。そんな寂しい広場であっても城壁の中というだけで気を緩めることは出来る。テントと言うよりタープの様な幕の下で火をおこし、ゆっくりと温かい食べ物を口にできるだけで十分であった。

◇◇◇

冒険者が階梯上げに来た話はすぐに君島達へも知らされた。一応何かあった時のために警戒する様にということだ。

翌日、三人が詰所に行くと魔物の素材を精算するカウンターで三人の見知らぬ男が話しているのに気がつく。そのリーダーらしい男を見て桜木《さくらぎ》が興奮する。

「鷹斗《たかと》君みて！　エルフ！」

「え？　ああ。エルフじゃなくてエルヴィス人だろ？」

「そうだけど。すごいイケメンじゃない？」

桜木の言う様に、エルヴィス人の男は真っ白い肌に切れ長の目。まさに映画にでも出てきそうな美男子だった。キャーキャーと喜ぶ桜木に仁科《にしな》が少し不機嫌そうに答える。

「でもさ、先生が目当てかもしれないんだろ？　悪いやつかもしれないぜ」

「あんなかっこいいのに？　どうなんだろ」

この村には冒険者ギルドの支所などはない。その為《ため》州軍の詰所で冒険者達は魔物の素材などを買い取ってもらえるかの確認をしていた。

一方の君島《きみじま》達は詰所にスペルセスと待ち合わせに来ていた。そんな君島達に気がついたエルヴィス人の男、ブライアンが不思議そうに話しかけてくる。

「あれ？　こんな子供達がなんでこんなところに？」

話しかけられた仁科があたふたと答える。

「え、子供じゃない。俺達は州軍だ」

「……州軍？　おお。勇ましいな」

必死に気張る仁科の姿が面白かったのかブライアンがニヤリと笑う。その顔に気を悪くした仁科が言い返そうとした時、執務室からスペルセスとマイヌイが出てきた。

「またせたな。……ん？　お前達は？」

仁科に話しかけていたブライアンを見て、スペルセスが不思議そうな顔で尋ねる。そのブライアンはスペルセスの顔を見て、驚きの表情を浮かべた。

「なっ……。なんでこんなところに賢者が……」

「ほう、知ってるのか。ということは連邦の冒険者か？　ここドゥードゥルバレーも連邦国の一部だからな。連邦の賢者が居ても不思議じゃないだろ？」

「いや、不思議だろ？　なんで国の頭脳がこんな田舎に」

「最近転移してきた優秀な人材がいてな、階梯上げに来ておるんだ」

するとブライアンの後ろで話を聞いていた男が思わず呟《つぶや》く。

「転移してきた優秀な人材って……。まさか天位《てんい》のか？」

その言葉に慌ててブライアンが止めようとするが、スペルセスが耳ざとく聞いてくる。

「なんだ？　お前達は天位が目当てか」

「い、いや違う。　階梯上げだ」

「ふむ……。まあ、そういうことにしておこうか」

「そういうことなんだよ」

「ほっほっほ。まあ良い。どうせ村には居ないしな。さてワシ等《ら》も出かけるとするか」

スペルセスは意味ありげにブライアン達に答えると、君島達に声を掛けて詰所から出ていく。しばらくその姿を見つめていたブライアンだったが、すぐに詰所を後にした。

スペルセス達が門前で準備をしていると、再びブライアン達三人がやってくる。三人も階梯上げの為に村から出ていくため当然ではあるのだが、道路整備の州兵達と獣車の準備をしているスペルセスを見て近づいてくる。

「途中まで俺達も乗せてもらえないか?」

「ん? ……荷獣車に空きがあればいいと思うが」

スペルセスが確認すると三人ならなんとかなりそうだ。ブライアン達はそのまま整備道具の乗った荷獣車に乗り込み道路整備の現場まで同行する。

「なあ。スペルセスさんよ。その子達はそんなに有望なのか?」

荷獣車に揺られながらブライアンは軽い感じで声を掛けてくる。

「そうさな。聖戴《せいだい》。そう言えば分かるか？」

「まじかよ！　誰だ？　その兄ちゃんか？」

「それは内緒だな。だが聖戴なら階梯《かいてい》を上げれば天位の見込みが高い。分かるだろ？」

「……なるほど。賢者が出張る訳だ」

　ブライアンも連邦の冒険者だ。連邦国は列国と比べ天位が少なく、一人でも欲しいという現状は分かっている。スペルセスの方は自分がここに居る確かな理由を示すことで、シゲトの存在を隠そうとする腹があった。

「で、お前らも奥地での階梯上げをするんだ。それなりにやるんだろ？」

「ああ。トライデントだ。聞いたことくらいあるだろ？」

「ほう。ということはお前さんが双剣風雅か」

「お。賢者様に知ってもらえているとは光栄だね」

　道路整備の現場まで来ると各々《おのおの》荷獣車から降りる。ブライアン達が更に奥へと進んでいくのを見送りスペルセス達も階梯上げを開始する。

　シゲトがレグレスと階梯上げに奥地へ向かってから、二週間ほどが経《た》とうとしていた。ゆっくりながら三人は階梯をさらに一つ上げ、五階梯になっていた。特に桜木に至ってはすでにランキングも四桁台にのり、聖戴といわれる精霊のすごみを感じさせていた。

「先輩ー。大丈夫ですって。レグさんが一緒なんですよー」

「そうね……それは分かっているの。でもやっぱり心配なのよ」

「もしかして心配なのはミレーさんだったり？」

「ちょっと！　やめてよ。先生は大丈夫なんだから」

「へへへ。先生は真面目を絵に描いた様な人ですからね。浮気《うわき》なんてしないですよ」

「美希《みき》ちゃん！」

夕食を取りながら君島と桜木が話をしている横で、仁科がお代わりした肉をむしゃむしゃと食べている。

「それにしても鷹斗君、食べすぎじゃない？」

「ん？　桜木は良いのか？　食って体力をつけないと」

「あー。魔法使いはそんなに体力いらないもん」

「そうは言っても、近接の訓練だってやってるんだろ？」

「まーね。でもガチムチになりたくないもん」

近接に関しての訓練はマイヌイが担当しているが、近接職は君島と仁科の二人いる。同時にというのをあまり好まないらしく、マイヌイは二人を一日交替で交互にしごいていた。

マイヌイは実直で元々自らを追い込む様な訓練が染《し》みついている軍人だった。当然特訓も厳しく、激しい。だが、それでも二人は文句も言わずそれに耐え、次第にベースの身体能力も増していっていた。

◇◇◇

ギャッラルブルーから山に向けて進んだところに鉱山がある。州兵達から噂《うわさ》として、モンスターパレードはここから起こったのではないかという話を聞いていた。

レグレスはそれをことも無げに肯定する。

「そう、ここが原因だからね。ここが一番フレッシュな魔物を美味《おい》しく頂けるんだよ」

本当にレグレスは一体何者なのだろうか。考えても分からない物を考えてもしょうがないが、ミレーも呆《あき》れるくらい色々なことを知っている。本当に不思議な男だった。

俺達はそのギャッラルブルー鉱山に来ていた。魔物を狩りながら一気にギャッラルブルーまでやってきたのだが、ジェヌインは今までその実力を隠していたかの様にかなりのスピードで進む。君島とあれだけ苦労して逃げ帰ってきた行程を、わずか数日で踏破してしまう。しかも上級の魔物と一緒なのもあり、夜に襲われることも稀だ。

俺の居合は全能力を集中させている特性上、どんどん自分の魔力をも使ってしまうため、魔力が切れやすいという欠点がある。そこでレグレスが持ち出したのが一つの指輪と一つのネックレスだった。

「これはどっちも魔力の回復を早める効果のある魔道具なんだ」

「魔道具、ですか」

「うん、あ。あげないよ？　貸すだけだからね。俺も今回ドゥードゥルバレーに来るにあたり友達に借りてきたんだよ。必要かなって思ってさ」

「え？」

「なんとなくね、ひひひ。だからまあ、また返さないといけないからさ」

「わ、わかりました」

話をしているとおずおずとミレーがそれを見せてほしいと言う。レグレスはことも無げにミレーに投げ渡すが、慌てて受け取ったミレーはそれを見て恐る恐る尋ねる。

「これってまさかアーティファクトですか？」

「お、分かる？　特にこの指輪がやばくてね、魔力の回復スピードが倍になるのよ」

「え。ええ？　ば、倍ですか……。そんな物、教国にだってあるか分からないです」

「それってそんなにすごいんですか？」

「間違いなく国宝級だと思いますよ」

「げ……。ちょっとレグさん、そんなの借りれないですよ」

「大丈夫、大丈夫。良《い》いからつけなよ」

「マジか……」

こんな物なくしたらヤバいどころの話じゃないぞ？　俺はネックレスをシャツの中にしっかりと入れ込んだ。

確かに、そのアクセサリーを着けると、魔力の回復の速さを感じる。それを二つ着けることで効果もアップすると言うが、あまりの具合の良さに俺も欲しくなってしまう。

回復が早ければ、それだけ多くの魔物を狩れる。やばい状況になればレグレスがすかさずフォローをしてくれる。生徒達の階梯上げに付き合って、階梯を上げることが大変だというのを見ていた分、あっさりと六階梯に成ったときには驚いた。

「先生、階梯が上がった時の能力の上がり方がちょっとでしょ？　あの子達は一つ上がった時の上がり方がヤバいからね」

「まあ、階梯が上がった時の能力の上昇がしょぼいというのは自覚してますよ」

「うんうん、まあ先生の精霊は特殊だからね」

「特殊？」

「そう。だからポンポンと階梯上がっていくよ。一気に十階梯目指したいんだよ」

「十階梯って。いやいや。そんなすぐには無理ですよ」

「はっはっは。大丈夫だよ。先生なら」

「それが特殊ってことですか？　気持ちが落ち着く効果だけじゃないんですか？」

「ん～。まあ。知ってる様な知らない様な？」

「ちょっと、教えて下さいよっ！」

「あ、魔物っ！」

「ああもう！」

俺の記憶が確かならば、俺の精霊の名前をレグレスに教えたことはない。何を知っているかも分からないまま、ただ「信じて大丈夫」。そんな確信だけは持っていた。

◇◇◇

空に満月が昇り星の瞬《またた》きがその勢いを無くすそんな明るい夜だった。

門番への差し入れを手にストローマンが南門に向かっていた。

門番はすでに門に閂《かんぬき》をかけ、待機小屋の中で椅子に腰掛けていた。ストローマンが部屋に入ると門番は立ち上がり、迎え入れる。

「ご苦労さん。ほら食堂で余った料理をもらってきたぞ。夜食にしろ」

「まじっすか。ありがとうございます。でも、どうしたんですか？　急に」

「いや。月が綺麗《きれい》だったんでな。散歩がてらだ」

門番が出したお茶をすすりながら、ストローマンが小窓から外を眺める。ドゥードゥルバレーを奪還した当初は、こんな夜でも外には魔物の気配があったな。と静かな夜を満足そうに見つめていた。

その時街道の先の方から一頭の騎獣とそれに牽《ひ》かれる獣車の影が見えた。

「ん？　……こんな夜に。冒険者か？」

「え？」

門番もストローマンの後ろから小窓を覗《のぞ》く。

やがて、門の前に来ると獣車から一人の女性が降りてきて突然門を叩《たた》き出した。

ドン！　ドン！　ドン！

「おーい、誰も居ねえのか！」

門の方から女性の怒鳴り声が聞こえる。ストローマンは慌てて門に向かい、応答用の小窓を開けた。

「居たか。疲れてるんだ早く門を開けろっ！　このうすらトンカチがっ！」

門の向こうでは中年の女性が口汚く言い放つ。まるで使用人か何かに言う様な口調にストローマンはムッとする。

「もう門限は過ぎてるんだ。今日は外で野宿でもしてろっ！」

「なんだと？　門番が客に対して門を開けねえってどういう了見だ！」

「俺達は客商売をしてるんじゃないんだ。怪しいやつは入れることは出来ない」

ストローマンの怒りを抑えた声に、これはこのままでは野宿になると思った女は、急に声のトーンを落とし、猫なで声で話し掛ける。

「んん。悪かったな。こっちも長旅で疲れて気が立ってたんだ。言い過ぎたのは謝るよ」

「……だが今日の門限は過ぎている。あきらめろ」

「そんなこと言わないでくれよ。な、頼むよ。入れてくれよ」

「ふぅ……。そもそも、なんでこんな辺鄙《へんぴ》なところに来たんだ？」

「うちの旦那の親がこの先のディクス村の出なんだ。ドゥードゥルバレーが解放されたって聞いて、ここからなら、ディクス村まで様子を見に行けるかもしれないってよ」

「ディクス？　そこの出身なのか？」

ディクスの名前にストローマンが小窓からのぞき込み、女の後ろを見る。後ろには確かに一人の男が荷獣車で、セベックの手綱を握っているのが見える。

「ああ、あたし達はディクスって村は知らないけどな。旦那の親が仕事で他所《よそ》に行っている間にモンスターパレードが起こったんだ。それ以来帰ることなく親は死んだ。親戚も音沙汰なしだ」

「そうか……。俺もディクスにルーツがあるんだ。……よし。名前は？」

「あたしがアムルさ、あっちにいる旦那がベンガーだ」

「ベンガーか、同郷のルーツを持つよしみだ。分かった中に入れ」

「良いのかい？」

「ああ、疲れただろ」

そう言うとストローマンが村の門を開ける。

「申し訳ないな」

「いや、気にするな。……ああ、でも。あんまりひどい口の利《き》き方はやめておけ」

「ああ、肝に銘じておくよ」

「今は営業している宿もないんだ。広場の隅の方でセベックはつないでおいてくれ。広場で野営してる他の冒険者もいるから揉《も》めない様にな」

「わかった。ありがとうな」

手綱を握る男と夫婦の様だが、嫁がしゃべりすぎるせいで夫は全くの無口の様だった。

少し困った様な顔で会釈《えしゃく》をする夫に、ストローマンが手を振って応える。

二人は広場に着くと、隅の柵にセベックを結び荷獣車からテントなどを下ろし始める。

そんな野営の準備をしている夫婦を、じっと見つめている男がいた。ブライアンだ。ブライアン達は森に入ると狩りを続け、魔物の素材がいっぱいになると帰ってきて、州軍の詰所に売りさばくことを続けていた。

「……ちっ。また面倒な奴《やつ》らが来やがって……」

どうやらブライアンはやってきた夫婦を知っているようだった。面倒くさそうにつぶやくと毛布をぐっと顔まで持ち上げた。

翌日、ストローマンが広場で火をおこし朝飯を食べている夫婦に近寄っていく。元来ストローマンは面倒見の良い男だ。同郷のルーツを持つベンガーがディクス村に行くという話を思い出し、二人きりで大丈夫かと心配になったのだ。

「ベンガーって言ったか。昨夜はよく寝れたか？」

「んあ？」

「暗くて分からなかったか？　昨日門で会ったストローマンだ」

「ああ」

「ディクス村まで行くんだったな。あそこらへんまで行くと上級の魔物も出てくるんだ」

「ああ」

「二人だけじゃ危険じゃないか？」

「んあ？」

昨日もずっと妻のアムルの方が話しっぱなしだったが、やはりベンガーは無口であり、相槌《あいづち》を打つくらいしかしない。それでも気にせずストローマンは広場の反対側で朝飯を食べていた三人の冒険者に向かって大声で話しかけた。

「お前達、また北の方へ行くんだろ？」

突然話しかけられた三人だが、気にしないふりをしつつもストローマンとベンガーの話に耳を傾けていた。嫌な予感を感じつつもブライアンが反応し、答える。

「そうだ。そのつもりだ」

「トライデントだったな、連邦でも指折りのパーティーと聞いているぞ」

「まあ、連邦じゃ三つの指に入るパーティーだって自認してるぜ」

「いや、だからな、この二人の夫婦と一緒に行ってやってくれないか？　親がディクス村出身なんだ。一度くらい見せてやりたいんだ」

突然の話にブライアンを始め、話を聞いていたアムルまであんぐりと口を開ける。

「は？　いや。俺達は仕事で来てる訳じゃねえんだ。護衛なんてしねえよっ」

「何言ってるんだ。困った時はお互い様だろ？　野営するなら人も多いほうが良い」

「いや、だがしかしなあ。そんな知らねえやつと一緒なんて――」

「ベンガーとアムルだ。そしてお前らはトライデント。な？　もう知らねえ仲じゃない」

「はあ？」

当惑するのはブライアン達三人だけじゃない。

「ちょっと、旦那。何言ってるんだい。あたしら夫婦二人だけで十分さ」

「おいおい、わざわざここまでやって来てそんな寂しいこと言うな。俺もついていってやりたいがな、流石《さすが》に仕事があるから難しい」

「いや、だけどもさ」

「袖擦り合うも何かの縁ってやつだ、なあ」

ストローマンの強引な話に冒険者達が面食らっていると、そこにスペルセスとマイヌイの二人が通りかかる。

「ほう、お前達ディクス村に行くのか？」

「何だジジイ？」

突然話しかけてきたスペルセスにアムルが食いつく。

「はっはっは。すまんすまん。名乗りもしないで。スペルセスと言う」

「はん！　知らん名前だねえ――」

「お、おい！」

アムルのぶっきらぼうな返事に、横にいたストローマンが慌てて止めに入る。

「スペルセスさんは連邦の賢者だぞッ！　あまり失礼な物言いをするな」

「……なっ。賢者だと？　なんでそんなのがこんな所に」

「転移してきたばっかの子供達が居るから指導に来てくれてるんだ」

「転移してきたばかり？」

「ああ、分かったか？　だから、もう少し丁寧にしてくれ」

「お、おう……」

ただ好意だけで動くことが、時として周りを迷惑な事象に巻き込むことは多々ある。良かれと思ってやることが全ての人間にとって良いことかは微妙なのは、いつの時代でも、どこの世界でも共通の話であった。

君島《きみじま》達三人が朝、連れ立って食堂で朝食を食べていると、ヤーザックが近づいてきた。

三人にまた新しい冒険者が来ている話をするためだった。

三人に話を終えた頃、スペルセスとマイヌイも食堂に入ってきた。ヤーザックが二人にも新しい冒険者が来た話をすると、スペルセスはニヤリと笑う。

「ああ、その二人なら今さっき会ったぞ」

「そうでしたか」

「ああ。それでその二人だが、ここより奥のディクス村へ行くらしいんだ」

「ディクス村へ？」

「何でも父親がそこの村の出身らしい。ただ、そこらへんには上級の魔物も多く出るようでな。そろそろこの子達にも上級との戦いをさせたい時期でもある」

「いやあ……それは……」

話を聞いてヤーザックが困った様な顔をする。いきなり正体不明の冒険者とこの三人を同行させるなんて危険すぎると考えたのだ。

だがスペルセスはそんなヤーザックの気持ちを知ってか知らずか笑顔で話を続ける。

「冒険者達も一癖も二癖もありそうなんだ。もう一人優秀な護衛が居たらと思ってな」

「……と、言いますと？」

「ヤーザック。お前も来い」

「へ？　いやしかし私には……」

「留守番はストローマンにでもやらせておけばいいだろう。そのための副官だろ？」

「そ、そうですが……」

ヤーザックは困り果てた顔で抵抗しようとするが、もはや無駄だった。ヤーザックも賢者ではないがケイロン魔法学院の卒業生だ。学院では同窓生間のヒエラルキーは盤石だった。先輩であるスペルセスの提案に抗《あらが》えるすべはなかった。

◇◇◇

ベンガーとアムルの夫婦は、実はディクス村とは全く縁はない。ジーベ王国で冒険者をして生計を立てていた。火の魔法を操るアムルと、豪腕怪力のベンガーのコンビは二人だけのパーティーだったが、腕利《うでき》きの冒険者として地元では鳴らしていた。

ここまで来た理由は一つだった。旦那を天位《てんい》にする。そのためにやってきた。

アムルは夫ベンガーの実力には自信を持っていた。魔力関係が少し弱いためランキングでの能力判定は弱めだったが、身体能力は並外れている。二年ほど前に冒険者同士の諍《いさか》いで二百位程度の置き換わりが起こった。三桁台での二百位アップはそれなりに大きい。

当然、ギルドでの依頼料も変わり、収入が増える。それなら天位になんてなったらどこまで儲《もう》かるのだろう。そういう考えに至るにはさほど時間はかからなかった。

一方、ブライアンをはじめとする三人の冒険者達も腕に覚えの在る連中だった。元々は幼馴染《おさななじみ》の三人だ。冒険者登録も三人で行い、トライデントというパーティーを立ち上げた。駆け出しのころから命を支えあった強い絆《きずな》もある。

三人は同じホジキン連邦の冒険者ギルドに所属していることもあり、カートンが階梯《かいてい》上げにドゥードゥルバレーに来ている情報も聞いていた。その為《ため》置き換わりが起こった話からすぐに三人は天位を取るために動き出す。

――ブライアンを天位に。

ブライアンは三人の中で抜きん出た実力を持っていた。あらゆる武器を使い分ける天性のセンスを持ち、中でも得意とする双剣を持てば誰にも負けないという自負があった。その美しい見た目とあいまって「双剣風雅」という呼び名で知られている。

仲間も手を貸してくれるという。他の護衛連中を抑えてもらう間に、天位を討つ。それは一つの賭けだった。

◇◇◇

奥地へ行けば、先生にも会えるかもしれない。そう考えた君島はスペルセスの案をすぐに受け入れる。仁科《にしな》と桜木《さくらぎ》もそろそろ腕試しがしたい時期だった。

準備を終えた三人が街の門へ行くと、すでに冒険者達が集まっていた。即席のパーティーということもあり、面識のない面々がお互いをチラチラと意識しあう状態だ。

そんなギスギスした空気の中、スペルセスがブライアン達に声を掛ける。

「あー。君達の階梯上げの邪魔はなるべくしない様にするから安心したまえ。とはいえ上級だ。危険があればいつでも手を貸そう」

「やっぱりあんた達も来るのか？　命の保障は出来ねえぞ？」

連邦所属の天位を狙うブライアン達にしてみれば、連邦の賢者や騎士が居ることは邪魔以外にない。とはいえ階梯上げという名目を捨てる訳にも行かない。渋々ながら受け入れざるを得ない状況になる。

「大丈夫だ、子供達の護衛は足りてる。それに自分の身を守ることも出来るだろう」

「……」

そう問題ないと言い切るスペルセスを、ブライアンは苦々しく見つめていた。

――あとは、パペットマザーをどう使うか……。

ブライアンはベンガーとアムルの素性に感づいていた。操り人形の様に旦那を動かしている様を揶揄《やゆ》し、「パペットマザー」と名付けられた冒険者。それがまさにアムルだった。

おそらくアムルも自分の旦那を天位にするためにここに来ている。

それをどう使うかが勝負の分かれ道だと考えていた。

――くそったれ。

思い通りに行かないブライアンは、苛立《いらだ》ちを抑えるのがやっとだった。


最終的に冒険者は、ベンガーとアムルの夫婦、ブライアン等三人。それから、スペルセスとマイヌイ、君島、仁科、桜木、ヤーザック。さらに州兵の三人が同行する。

総勢十四人の大所帯だ。

目的地は遠方のため移動は最初から歩きになる。アムルが自分達の荷獣車を街に置いていくことに難色を示すが、途中で道が整備していない場所になったら荷獣車をそこに置いていかなければならない。そう言われると渋々と歩き始める。

冒険者の二組はこの行軍に不満を持っていたが、成り行きに逆らえずといったところだった。ヤーザックはこのなんとも言えない空気に胃がキリキリと痛んでいたが、妙に楽しそうにしているスペルセスには逆らえないでいた。

一方の君島ら三人はちょっとした冒険をしている気分なのか楽しそうにしていたが、実のところどこを目指しているのかも知らなかった。一日目の野営の準備をし、皆で焚《た》き火を囲んでいると目的地が三日程歩いたところにあるディクス村だと聞かされる。

「え？　この先の村……ですか？」

その話を聞いて顔を曇らせたのは君島だった。同じ焚き火を囲み話をしていたマイヌイがそれに気づき「何かあるのか？」と聞く。

「先生とギャッラルブルーから逃げてきた時、その最後の……村？　ですか。そこを見たんです。そしたら、村の中に魔物達が生活している感じで……」

「村の中に？　どんな魔物だった？」

「はい、なんていうか……イノシシと言うか……えっと……」

イノシシというのがこの世界の人に通じるのか分からず、地面に木の枝で簡単な絵を描いて説明する。それを見るとマイヌイはすぐに分かったようだ。

「オークだな。もしかしたらこの深部だとハイオークかもしれないが。確かにそいつらは知性があって集落も作る。人が居なくなった村をそのまま集落として使っていることは十分に考えられるな」

さらに、目撃をした時にカートン等と州兵達がそのオークの集団と戦って州兵達が倒されたのを見た話をすると、やはりそれはハイオークだろうという話になる。

「ハイオークは上級の魔物ではないがな、中級でもかなり上位に位置する魔物だ。それでいて人の様に知性を持ち武器も使う。集団での連携も在る。だからこそ上級の魔物がうろつく様な場所でも生きていけるのだろう。それだけに厄介だな」

「あの時も村の中で太鼓がドンドンと鳴らされて、確かに集団で襲い掛かっていました」

話を横から聞いて気になったのだろう、ブライアンが話しかけてくる。

「なに？　ハイオークの集団のことか？」

「え？　あ、はい。どうやらそうみたいなんです」

「俺達も奥地へ行った時に見かけたが、あいつらは群れるから厄介なんだ。あえて避けていたが……。やはりディクス村は諦めたほうが良《い》いんじゃねえか？」

それに対してマイヌイが答える。

「しかし、カートン達を襲って返り討ちにされたハイオークが十匹以上居るようだ。集団としての戦力はだいぶ削られているだろう」

「カートン？　もしかして天位を堕《お》とされたやつだよな？」

「ああ、そうだな」

「じゃあその子は……天位が堕ちた時を目撃したのか？　いや……まさかその子が？」

「ち、違います！」

「そ、そうか」

ブライアンは思わず食いつく様に聞いてしまったが、慌てて天位のことなど気にしていなかったかの様に取り繕う。しかし我慢が出来なかったのだろう仲間の一人が話に割り込む。

「なに？　天位がいるのか？　じゃあ俺達の護衛とかいらなかったんじゃないのか？」

それに答えたのは桜木だった。

「先生は今居ないんですよー」

「お、おい美希《みき》っ」

「なーに？」

「あんまり先生の話は、な？」

「あ。うん」

桜木の答えに慌てて仁科が止めるが、男はさらに突っ込んでいく。

「先生？　天位の先生がいるのか？」

「うーん。居ないです」

「おいおいおい。なんだよ。人に護衛を頼んでおいてそういうの秘密にするのかよ」

「えー。だって置き換わりっていうのをしたくて殺し屋がいっぱい来るって言うんだもん」

「殺し屋って。別に俺はそんなんじゃねえよ。天位なんて雲の上の話だしさ」

「ううう」

人間一度口にしてしまうと、どうにも誤魔化すのが難しくなる。特に奥地へ行くブライアン達には、言ってみれば旅の仲間という感覚をどうしても持ってしまう。それも平和な日本という国から来た三人だからこそというのもあるのだが。

話を聞いていたスペルセスが笑いながら口をはさむ。

「まあ、共に進む仲間に隠し事もな。シゲトは奥地で階梯を上げているんだ」

「ス、スペルセスさん！」

ヤーザックが慌てて止めようとするが、スペルセスは止まらない。むしろスペルセスは場を荒らそうとするかの様に顔に笑みを浮かべたまま続ける。

「転移してきて間もないんだ。少しでも階梯を上げた方が置き換わりを狙った連中からも身を守れる確率は上がる。少し考えれば分かる話だろ」

「しかし――」

「ここにいるのは、階梯上げをしに来た冒険者と、故郷の様子を見たい難民、それと未来ある子供達だけだろ？　大丈夫。大丈夫」

笑いながら手に持ったお茶をグビッと飲み干す。

「何を考えているんですか……」

ヤーザックが頭を抱える。一方あっけらかんとしたスペルセスの言葉にブライアン達も言葉を失う。

「い、いや。俺達は天位《てんい》とか、別に考えてないから……」

「おう、そうだよなあ？」

「も、もちろんさ」

ようやく言葉を絞り出したブライアンに、仲間達も慌てて相槌《あいづち》を打つ。そんな姿をスペルセスはニヤニヤと眺めていた。

夜になると順番に夜番を務めていく。君島《きみじま》はあの逃亡の日々を思い出して、仲間が多いと森の中でもこんなにゆっくりと出来るのかと感心する。しかし一方で君島は妙な感覚を抱いていた。何かがずっとこの集団のことを見ている様な。妙に心がざわつく不快感だ。

――なんだろう？

その違和感は次の日になっても続いていた。

その感覚は、あくまでも「なんとなく」できっちりした確証もない。

今までも異性からのねとつく様な視線は感じたことは有ったがそれとは違う、なんとも不安になるというしかない、訳のわからない感じだった。

歩きながらも時々立ち止まって周りを見渡すが、何か居る訳でもない。特に君島は「気配察知」の様なスキルがあるのか、周りに何かあれば察知が出来る自信はあった。だが、それにも何かが引っかかる訳でもない。ただ嫌な感じだけが心の片隅に居残っている。

「どうした？」

マイヌイがちょこちょこと振り返る君島に気が付き、声を掛ける。だが君島もなんて答えていいか悩む。

「いえ……ただ、なんか見られている様な」

「ふむ」

マイヌイも立ち止まり周りを窺《うかが》うが、特に何かを感じることは出来なかった。

「でも、多分気のせいなんです。この世界に来てすぐにギャッラルブルーに転移して、そこから逃げてきたトラウマもあるので」

「なるほど……。でも、もしかしたら本当に何かに見られているのかもしれない。そういう感覚は大事にしたほうが良い」

「そう、ですね。ありがとうございます。少し気をつけてみます」

話を聞いていた桜木や仁科も周りを窺うが、何かを感じることは出来なかったようだ。重人《しげと》と君島の二人で逃げてきた時と違い、堂々と街道を歩いているためペースも速い。

道中現れる魔物もブライアン達三人がすぐに始末をしていく。トライデントの三人は三人共が前衛職でパーティーとしてバランスは微妙だが、確かに上級の魔物で階梯《かいてい》上げをすると言うだけはある。特にブライアンの動きは三人の中でも群を抜いて洗練されていた。

仁科《にしな》はそれを見ながら、彼らが牙を剝《む》いたら自分では太刀打ちできないなと感じていた。

◇◇◇

その日の夜、皆が寝静まる頃。夜番をしていたトライデントの三人は顔を寄せ合い小声で何かを話していた。

(やはり素人《しろうと》天位が居るらしいな)

(ああ、階梯上げをしているとなると、やはりまだまだ階梯は低いようだ)

(だけどよ。階梯を上げないでカートンを殺《や》ったんだろ？　これで階梯が上がっていたらヤバいんじゃないか？)

(はっ。見てみろ。賢者はああだが州軍の奴《やつ》らは確実に隠そうとしてるだろ？)

(まあ、そうだな)

(天位を維持できるか分からねえってことじゃねえか)

何やらきな臭い話をしている。その時ガサッと天幕の中で音がした。三人は途端に黙り込む。しばらく三人は息を潜めていたが、やがて問題無さそうだと再び会話を始める。

(で、どうすんだよ。こんな邪魔が居たら何も出来ねえぞ?)

(だからよ、コイツ等を振り落とせばいいだけだ)

(振り落とすって言ったたって、どうするんだ?)

(まあ聞け。俺にいい考えがある)

……。

(それは……。やばくねえか?)

(ヤバいも何もあるもんか。賢者が言ったろ? 自分の身は守れるってよ)

(だけどよ)

(気にするな。魔物を殺すってことは魔物に殺されることだって覚悟してるってことだ)

(そ、そうだな……)

(わかった、やろうじゃねえか)

三人は何やら計画を立てていた。

◇◇◇

道中に出てくる魔物の強さも次第に強くなってきて、ブライアン達もだんだんゆとりが無くなってくると、州兵らや、君島達も少しずつ手伝う様になっていた。

やがて一行は少し道の開けた場所に出た。そこで君島が気が付く。

「ここって……」

「先輩？」

「あ、うん。その……天位の人と先生が戦った場所なの」

しかし君島が見回しても人の死体などの跡は見当たらない。魔物達が食べてしまったのかもしれない。武器などの鉄の物もあったはずだがそれもない。

横で話を聞いていたスペルセスが、一行を止め、ヤーザックと相談を始める。先頭を歩いていたブライアンも何事かと戻ってくる。

「どうしたんだ？」

「ここで、カートンがやられたようだ」

「ここで？」

「ああ。その前にこの場所で十匹ほどのハイオーク達とカートンが戦っていたらしい。もうディクス村まですぐだろう」

「なるほど、あの村か……」

「知ってるのか？」

「当然だろ？　俺達も上級の魔物を目当てに階梯上げに来てるんだ。だがやべえぞ。流石《さすが》に俺達も村は避けたぜ。悪いことは言わねえ、ここで引き返したらどうだ？」

「……いや。せっかくこれだけのメンバーが居るんだ、もう少し様子を見よう」

「どうなっても知らねえぞ？」

ブライアンの話にヤーザックも本心を言えばディクス村へ行くことには不安を持っていた。だが引くことを少しも考えていないスペルセスは首をふるだけだ。

その時、辺りを探っていた州兵の一人がメダル状のバッジを見つけ、ヤーザックの元に駆け寄ってきた。

「ヤーザックさん」

「ん？　これは……ドーソンの」

州兵の階級を表すバッジであった。カートンについて行った州兵の責任者であったドーソンが身に着けていた物だった。ヤーザックはそれをしばらく見つめて、鞄《かばん》の中にしまう。

結局その場で三日目の野営を行うことにする。

ここからは村までは見えないが、それでも周りの木々の陰で、街道の先にあるディクス村から見えにくい場所に焚《た》き火をおこし、食事の用意などをする。贅沢《ぜいたく》といえば贅沢だが、軍隊の行軍など味方が多い場合はこうして派手なことも出来る。

食事をしているとマイヌイが君島の近くに寄ってきた。

「ユヅキ、まだ嫌な感覚はあるのかい？」

「そうですね、ずっと同じくらいの感じで続いています」

「そうか……。一応お前達は気を抜かずに警戒は続けておけ」

マイヌイの言葉に仁科と桜木《さくらぎ》は神妙にうなずいた。


朝日の出とともに皆が起きると、早速ディクス村へ行く話になる。

「ここからはどのくらいの距離なんだ？」

ブライアンの問いにヤーザックが地図を広げて説明する。

ディクス村までは、もう少しあるようだ。君島もなんとなくは覚えていたが、あの時は奇声を上げながら走っていくハイオーク等を後ろから追っていったため、実際の距離がどのくらいあるのかは記憶に自信がなかった。

ゆっくりと進んでいくと、遠くの方に村の壁が見えてくる。まだ距離はだいぶあるが、先を行くブライアンが手を上げ、皆を止める。

「しょうがないな。俺が中の様子を見てくる」

ブライアンの提案に、ヤーザックが申し訳無さそうに聞く。

「良《い》いのか？」

「こう見えてランキングも二百位台なんだぜ。任せておけ」

「二百位？　す、すごいな……分かった。だが無理するなよ」

「分かってるって」

エルヴィス人は敏捷性《びんしょうせい》に優れている人種だ。体も細身でそっと近づくには最適だろう。

本人も自信あり気な様なので、ヤーザックもここは任せることにする。他の皆も了承する。

「気をつけろよ」

「おう、任せろ」

トライデントの一人がブライアンに声を掛ける。ブライアンは周りの人間に気付かれない様に仲間の二人に軽くうなずく。

そのままブライアンが村に向かってそっと近づいていった。

……。

残された者達はジッとその後ろ姿を見つめる。

その後ろで、ブライアンの仲間の二人が目配せをして、少しずつ後ろに下がろうとする。

「ブライアンさんってかっこいいですねー」

「え？　なっ何？」

すっと隊列から離れようとした二人に、桜木が興奮気味で話し掛ける。突然のことに二人はしどろもどろに答える。

「ブライアンさんってエルフみたいですもんね。イケメンで、ランキングもすごいじゃないですかっ！　モテモテじゃないですか？」

「お、おい美希《みき》っ！」

張り詰めた空気の中でのんきにしている桜木に、仁科が慌てて注意をする。

「えー。だっていいじゃん。エルフに、お兄さんはハーフリング？」

「は、ハーフ？　いや。俺はホーブス人だ」

「おおう。やっぱり少しずつ名前が違うんですね」

こっそりこの場から離れようとした二人だったが、桜木のせいで動けずに居た。悪巧みを隠そうという心理も働き、桜木の脳天気な質問に必死に答えようとしてしまう。

「ドラゴンって見たことありますかあ？」

「ないない。ドラゴンなんかに出会って生きてるやつなんて居ないと思うぜ、なあ？」

「あ、ああ。人里にドラゴンなんてめったに来ないしな」

「へえ、いつかドラゴンに乗ってブアーって飛びたかったのになあ」

「は？　ドラゴンに乗る？　いやいやいや。無理無理」

おそらく今までの道中、ブライアン達は距離をとっていた感じがあり、話は出来なかったが、その魔物を仕留める手際《てぎわ》など、桜木が見てて感動していたようだ。今回ブライアンが皆のために偵察を買って出たことで更に親近感が湧いたのだろう。話が止まらなくなる。

そんな終わりのない雑談に段々と二人も危機感を抱きだす。

「わ、悪いちょっと用をたしたいんだ」

「あ、俺もちょっと用をたしたいかも？」

「お、はいはい。お花摘みってやつですね。行ってらっしゃい」

ようやく理由をつけて集団から離れようとしたとき、地響きの様な音が聞こえだした。

「な、なんだ？」

「お、おい……」

やがて、先頭を走ってくるブライアンの後ろに大量のハイオーク達が目の色を変えて走ってくるのが見えた。それを見て真っ先に反応をしたのがマイヌイだった。

「くっそ。見つかったのか？　かなり居るな。魔法職は遠くから勢いを殺すぞっ！」

「致し方ないな。マイヌイ。指揮を任すぞ」

「はい！　じゃあミキも加われっ！　近接は魔法を撃ったのを見たら突っ込め。トライデントの二人！　もっと前に！　ベテランだろ！」

「お、おう……」

さすがマイヌイも連邦軍の軍人だ。人を率いるのになれている。周りを見ながらテキパキと指示を与える。その勢いに二人も従わざるを得ない。

「アムルも魔法だろ？　頼むぜ」

「わ、わかってるっ！」

とは言え雄叫《おたけ》びを上げながら走ってくるハイオークに歴戦のアムルでも怯《ひる》む思いだ。

スペルセスも自分の鞄から一本の小ぶりの杖《つえ》を取り出し桜木に渡す。

「もう隠さなくていい。お前も魔法を使え。これを使うと威力が底上げされる」

「おおう。魔法のステッキですねっ！　爺《じい》さん！」

「爺さんじゃない！」

桜木は冷静なスペルセスとマイヌイを見て割と落ち着いていた。それでも少し緊張もしている。気持ちの弱さを吹き飛ばす様に爺さんと軽口を叩《たた》く。スペルセスは文句を言いながらも何やら嬉《うれ》しそうな顔だ。

「すまん！　見つかった！」

そうこう言っている間にハイオーク達が近づいてくる。ランキングが高いだけあり、走るスピードはハイオーク達よりも速い。先んじてブライアンが叫びながら、待ち受ける隊列の中に飛び込む。そしてそのままスピードを落とさずにグループを置き去りにしようとしたとき。隊列に申し訳無さそうな顔をして剣を構える二人の仲間の姿を見つける。

――な、なんで、いるんだっ！

何が起こっているのかわからないままブライアンは急制動をかけ、足を止める。流石にこのハイオーク達の中に仲間達を置いてけぼりにする訳には行かない。

――くっそ。バレたのか？

そして、前に立つ魔法士達の後ろで突撃するタイミングを待つ仲間達の横に立つ。

（すまん……出られなかった）

（くっそ。おめえら後で覚えてろっ）

「来るぞっ！」

マイヌイの声で魔法士達が一斉に魔法の準備を始める。

「いっぱい虫眼鏡！」

必殺技をと、桜木が考えに考え抜いた魔法を発動させる。桜木の頭上には何個もの虫眼鏡が形成され始める。初めて渡された魔法の杖の効果も十分だ。本人が思っていたよりスムーズな形成が行われ、その効果に桜木は思わず顔がにやける。

横ではアムルが巨大な火の玉を作り上げる。貯《た》めのモーションのないスペルセスとヤーザックはぐぐっと各々《おのおの》の杖に魔力を集める。

「撃て！」

種々の魔法で轟音《ごうおん》が鳴り響き、先頭に立つハイオークが吹き飛んでいく。あまりの威力にオーク達もその足を止める。立ち上る土煙の中、リーダーらしきハイオークの叫び声が上がり、他のハイオーク等《ら》の応える様な唸《うな》り声が辺りに響く。

心をえぐる雄叫びを聞きながら、君島《きみじま》も重人《しげと》にもらった新しい薙刀《なぎなた》をグッと握りしめる。

だが一度死んだ勢いを見逃すマイヌイではない。マイヌイの掛け声と共に、脚が鈍ったハイオーク達に近接職の面々が突っ込んでいく。

緊張の面持ちの君島と仁科《にしな》もベテランの冒険者達について走り出した。

第九章　十一階梯《かいてい》

岩だらけの洞窟の中、外とはうって変わってヒンヤリとした空気が漂っている。

「もう少しです……。動かないでくださいね」

「すいません。助かります」

俺は魔物から受けた傷を、ミレーの治癒魔法で手当をしてもらっていた。

野外での生活も、もう二週間は経《た》っただろうか。その中で俺は少なからず焦燥感を覚えていた。シギットの最後の「お前じゃゴードン兄は斬れねえ」という言葉を心のなかで反《はん》芻《すう》していた。階梯を上げるだけで良いのだろうか、もっと何か……と。

俺は、そんな気持ちで目の前に立つレグレスを見つめていた。

レグレスの強さは半端《はんぱ》ない。あれだけの上級と呼ばれる魔物が居ても不安も感じさせない。おそらくスピードは俺の居合の方が速いだろうと言うのは分かるのだが、バランスと言うか、勘の冴《さ》えが異常なのだ。

居合や剣道などの世界でも、目付という技術がある。相手の剣の動きなどを見てからの動作では対応が遅くなる。そのために相手の胸の辺りを見ることで全体の動きを感じ、筋肉の発する微妙な予備動作を感じ取り、先んじて相手の動きに対応するのが重要になる。

なんというか、その感覚がレグレスの場合、全方位にある様な感じなのだ。

こうして前を歩いているレグレスに俺がいきなり斬りかかっても、レグレスなら避けてみせる。そう思わせる異常性を感じる。

俺の視線に気がついたレグレスは、俺の気持ちを知っているかのように苦笑いをする。

「どうしたの？　先生」

「いや……。斬れない物を斬る事って出来るのかなって……」

「うーん。面白い質問だね。そうだな……。それは斬らないと駄目なの？」

「え？」

レグレスは何を言いたいのだろうか。刀は斬る物だ、他に……？　いや、確かに突きもある。だが抜刀からの突き技は一度抜刀のベクトルを変位させないといけない。

その中で一つの技が脳裏をよぎる。

「……刺す、とかですか？」

「ふふふ。それも一つの答えだよね」

だが今の俺にアレが使えるのだろうか。俺はふと、祖父の言葉を思い出した。

──これが出来る様になれば、皆伝位《かいでんい》をやる。

なるほど。そうか。上げられるのは何も階梯だけじゃない。伝位が上がれば……。

可能性があるならやるべきか。


ギャッラルブルーの強い魔物にもだんだんと慣れ始めた俺は、新しい技を試し始める。

はじめは気を張り続けていたミレーも、俺とレグレスが問題なく魔物を仕留めていく状況に慣れ、だいぶ気持ちも楽そうになっている。

そのミレーにもだいぶ助けられていた。今もこうして治癒魔法をかけてもらったりしている。料理も得意なようで魔物を素材とした料理を作ってくれることで、この殺伐とした野営の日々をなんとか耐えられている所もある。

「うん、傷は大丈夫そうだね。魔力もそろそろ大丈夫かな？」

レグレスの言葉に俺の治療をしていたミレーが不満げに振り向く。

「レグレスさん。少し休ませてあげたほうが……」

「うーんそうなんだけどね。今日中に十階梯にしちゃいたいなって」

レグレスには何が見えているのだろう。出来る限り期待には応えたいのだが……。

「だけど、まだ九階梯になったばかりじゃないですか」

「大丈夫。大丈夫。死ぬ気でやればなんとかなるものだから」

「死ぬ気って……本当はもっと階梯って上がるの時間かかる物ですよね？　ここの魔物達って異様に経験値が高いとか？」

「高いは高いけど、強さなりかな。先生が異常なんだよね」

「それを言ったらレグさんの方だって……」

レグレスのスパルタに苦笑いしながら俺は腰に手をやる。

「はぁはぁはぁ……来ました……」

「お、十階梯おめでとう」

「こんな短期間に本当に、たどり着くなんて……」

ミレーも俺のあまりの階梯アップスピードに驚きを隠せずにいる。

信じられないことに、レグレスの言う通りその日のうちに階梯上昇に伴う発熱に見舞われる。十階梯にたどり着いてしまった。戦いを終え、少し乱れている呼吸を整える。火照《ほて》った体には少し肌寒い洞窟の中が心地よかった。

「これで、終わりですかね。そろそろお風呂《ふろ》が恋しくなってきていたんですよ」

「ん〜。そうだなあ……」

「いやね、実は先生はまだまだ階梯上がるんだよね」

「へ？」

「え？　そんなのあり得ません！」

ミレーはこの世界で神官を務めている。階梯という物が神からの贈り物であるのならそのシステムについては専門家でもある。過去の例から言っても十階梯より上に上がった人間など聞いたことがないという。

「うんうん。ほら。先生の精霊って然《ぜん》の精霊でしょ？」

「然の精霊だからって、そんなこと……」

「フェールラーベンの格付けした精霊位で整理できなかった物が然の精霊なんだ。先生もそれは知ってるね？」

「はい。ウィルブランド教国を作った人でしたっけ？　確か神が守護だったという」

「そうそう。彼もさ、全部を確認できた訳じゃなく、能力の低い数多《あまた》の精霊までは整理できなかったんだよね。だから、そういうのを然の精霊として纏《まと》めちゃったんだけど」

「はあ」

確かに然の精霊といわれる色々と正体の不明な精霊が居ることは聞いている。だが、ミレーの反応は予想以上に大きい。

「しかし。そんなことがあったら……」

ミレーが困った様に何か言おうとするのを制し、レグレスは俺とミレーの二人に聞かせる様にゆっくりと説明をする。

「まあ、僕の仮説ではあるんだけどね。おそらくその然の精霊の中には他の異世界から来た精霊も交じってる」

「え？　異世界から？」

「そう、だって俺達みたいな人間は異世界の歪《ゆが》みに堕《お》ちてこの世界にやってきたんでしょ？　それなのに精霊みたいな存在がやってこないって言い切れるかい？」

「た、確かに。でも――」

「うんうん、精霊みたいな存在が堕ちてくる様な大きい穴が空くことなんて本当にレアな話かもしれないけどね。でも。その可能性は否定できない」

「……じゃあ、僕の精霊がそういう違う世界の精霊ってことなんですか？」

「ま、それは先生の精霊が特殊だから、そうなのかもしれないって話なんだけどね」

あくまでも仮説なのか……。ん？　特殊？　一つだけじゃなくまだまだ階梯が上がる？

「でもなんで、僕の精霊が特殊って分かるんです？　階梯がまだ上がるって本当なんですか？　だけど、どうして」

「はい。それはまあ、もう一つ階梯が上がったらね」

「本当に教えてくれるんですか？」

「うん。教えよう。だから今日はもう鉱山から出て寝るとしよう」

「……はい」

二週間以上もレグレスと一緒にいるが、まだまだ謎だらけの男だった。

ほかの人達より階梯の上がりやすい体質？　をしていると言われるが、それでも階梯が上がればそれなりに次の階梯が上がるまでにかかる時間は増えるらしい。レグレスはまだ上がると言うが、徒労に終わらないかという不安はあった。

それでも転移して間もないというのもあるのだろう、階梯が十までだという常識に凝り固まる前ということもあり、レグレスの話を前向きにとらえている部分もある。

ミレーも話を聞いてから口数は少ない。だけどミレーに声を掛けたのはレグレスだ。そういう時は大丈夫な様な気がする。

次の日、俺達は再び鉱山に入っていく。鉱山の入り口はかなり巨大な間口になっており、数本のトロッコのレールが走っている。トコッロ自体はモンスターパレードの時に蹴散らされており、破壊されたトロッコが散らばっていたりしていた。

「なんでもいっぱい入る鞄《かばん》があるのに、どうしてトロッコなんて使ったんですかね」

「鉱山とかは大抵そうだね、ほら、ミスリル原石なんて一つでかなりの値段がするだろ？」

「やっぱり高いんですか」

「高いね、でもそんなの鞄に入れて持ち帰られたら鉱山の管理人としたら困るだろ？」

「なるほど」

「だから鉱山って、鞄類の持ち込みは大抵禁止されてるよ」

魔法が使える世の中だと、それに対応した問題が出てくるのか。面白いが、そういうのを色々と勉強していかないと騙《だま》されたり被害にあったりするかもしれないな。

「今日はこっちに行こうか」

どういう基準かは分からないが、レグレスの言う様に数本ある鉱山の穴を進んでいく。

メインの通路にはそれぞれトロッコの線路が付いているので道に迷うことはない。

ミレーはまだ心の整理が付いていない様な感じがするが、黙ってついてくる。

「それにしても、ダンジョンみたいですね」

「ん？　ダンジョンだよ？　ここは」

「あ、そうなんですか」

馬鹿みたいな感想を言ってしまったと思ったが、ここはすでにダンジョン化しているという。モンスターパレードの発生地点には必ず起こる現象で、パレードの規模にもよるらしいが、発生から数十年から数百年で次第にダンジョンとしては不活化していくらしい。

この鉱山がモンスターパレードの発生源と言われているのもそれがあるからだという。

「じゃあ、ダンジョンの奥に宝とかボスとか居たりするんですか？」

「宝はないと思うけどなあ。ボスは居るかな？」

「え……。だ、大丈夫ですか？」

「僕ら二人なら？　って感じかな？　でも最深部はまだ早いかなって思っている」

「そ、そうですよね」

「でも、ダンジョンのボスを倒すとドドッと階梯《かいてい》が上がると思うから、あの子達が強くなったらみんなで挑戦するといいよ」

「は、はあ」

きっとあの三人はどんどん強くなる。いつか必要な時が来たら来るのかもしれない。

これもレグレスの仮説らしいが、魔物もこの世界のオリジナルの生物ではなく、他所《よそ》から詰め込まれた物じゃないかということだった。人間がスポット的に巻き込まれてこの世界に来るのと、違う形があるのかもしれないと。

三日後。突然体が熱く火照りだす。間違いない。階梯が上がった証拠だ。嘘《うそ》じゃなかったのかと半ば驚きを交えてレグレスを見る。

「うん。上がったんだね」

「それにしても……なんで？」

スッとレグレスの雰囲気が変わる。微笑《ほほえ》みを浮かべた表情はそのままなのに何か迫力というか威圧される様な気分になる。

「俺の守護精霊はね、シグノ……調律する者といわれる精霊なんだ」

「調律？」

「そう、世の中のね」

シグノの名前を聞いてそれまで黙っていたミレーが目を見開く。

「それじゃあ、貴方《あなた》は……」

「うんまあ、それは後で話そうか。まずは先生にシグノの説明をするね」

「は、はい……」

レグレスはミレーが黙るのを見て再び俺の方を向く。

「それでね、シグノの特徴として未来視の能力を与えてくれる」

「未来……予知ですか？」

「そうだねえ、予知とはちょっと違うかな。でも似た様な物だと思う。予知は確定的な未来は見えないが、俺のは見えるんだ。自由に何でもと言う訳じゃないけどね」

「それで、僕の階梯が十を超えることを？」

「そそ、これは素晴らしい転移者が来たなあってね、手伝いに来たんだ」

手伝いに？　だけど何故《なぜ》？　俺を強くする理由、見返り、そんな物を考えてしまう。

「この世界には良き者もいれば、悪《あ》しき者もいる。今は良き者の荷重を増やしたいんだよ。将来に備えてね。だって先生の人の良さときたら。ふふふ」

レグレスはいつもの様に笑って言うが、ミレーは困惑した様に口を開く。

「た、確かにシゲトさんは優しい方だと思います、だけどこれは……」

「それは分かってる。だからミレーちゃんに来てもらったんじゃないか」

「え？　それはどういう……」

「今の教国はだいぶ頭が硬いからね。まあ、教義の殆《ほとん》どがフェールラーベンの残した物でしか成り立っていないというのが問題なんだけどね」

「しかしっ。教国も時代に即して教義を見直したりしていますっ！」

「ま、表面上はね……。で。先生の特殊性は教国だとどう捉えると思う？　なんとなく危険視されちゃうんじゃないかって」

「そんなことは……」

「だからさ、教国の中でも先生の理解者、そして味方になってくれる人が欲しいんだよね」

「シゲトさんの理解者……」

ヒンヤリとした石の壁によりかかり、火照《ほて》った体を冷やしながらレグレスとミレーの話を聞いていた。話を聞いていると教国の枠から外れることに対する危険性をミレーは危惧しているようだ。中世の魔女狩りの様に異端審問官に狙われたりしないか不安すら芽生える。

確かにそんな状況でミレーが一人居るだけでも、少し不安な気持ちも和らぐ。……それにしても何か途方もない話が始まりそうな気がする。

「でもそれって、何か大変なことが起こるんですか？」

「うーん。起こるかもしれないし、起こらないかもしれない。それは人が知るべきことじゃないと思ってるんだよね。でもまあ、常に心に備えることは必要だよ」

「でも、そんなんじゃ分からないですよ」

「分からなくて良いんだよ。分からないから人生は楽しめる。そうじゃないかな？」

レグレスの答えは何か煙《けむ》に巻《ま》かれる様なそんな答えだ。きっと教えてはくれないんだろうことは理解できた。

……だが。

「レグさん。神民登録はしていますか？」

「ふふふ、さすがだね。うん、しているよ」

「……順位を、教えてもらって良いですか？」

「う〜ん。しょうがないかな。ミレーちゃんは分かったみたいだしね。その代わり誰にも言わないって約束してくれよ」

「は、はい」

ズバリ聞いてみたが、それを答えてくれるとは当然考えていなかった。レグレスの反応に一瞬たじろぐ。そのレグレスは笑顔のままズボンのすそをたくし上げる。そしてふくらはぎに神民録《しんみんろく》の紋があるのを見せてくれる。

「……え？　なっ、でも……。納得は出来ます」

「ふふふ、内緒だよ？」

「……やっぱり偽名だったんですね」

「いや、そのつもりはないよ。僕が来た世界ではファーストネームに信仰する神から頂いた名前が付くんだ。僕の場合はレグレス。でもこの世界の神は一柱だけだろ？　転移してきた時には消えていた。それだけだよ。でも俺はレグレスの名前を捨てたつもりはないから、今でもそう名乗ってる」

「なるほど……」

「ま、偽名にも丁度いいとは思ってるよ。嘘をついている訳ではないからね」

「ははは……」

そこまで話すと、再びミレーの方を向く。

「ミレーちゃんの立場は知っている。教国の人間。それも天空神殿まで登ったエリートとして先生の秘密はどうして良《い》いのかも分からないかもしれないけど……。心のなかに取っておいて欲しい」

「……」

「どうかな？」

「……レグレス様。貴方の言葉は教皇猊下《げいか》の言葉にも匹敵します。一神官の私がどうして逆らえましょう」

「あら……。僕はそういうのが苦手だからね。レグさんで良いって」

「……はい」

ミレーの急な態度の変化にレグレスは苦笑いをしながら立ち上がる。

「さて、そろそろ帰らないと。遅れると君の生徒達が大変なことになる」

「え？　それも未来視で？」

「うん。賢者のおっさんにも約束しちゃってるからね。急ぎ気味で帰るよ」

「は、はい」

鉱山の外に出ると、まだまだ外は明るい時間だ。すぐにジェヌインに乗り込むと来た道を戻り始める。まだ僅かに体の火照りを感じながら、目の前で鼻歌を歌いながらジェヌインに揺られるレグレスをボーっと見つめていた。

帰りも行きと同じ様なスピードで進んでいく。それでも魔物の気配があればレグレスは俺に狩りをさせた。少しでもやっておくと良いと言うことだが。ジェヌインだって一日ずっと全力疾走が出来る訳ではない。適度に休憩もさせるし、スピードも早足くらいの負担のないスピードで進む。

何より、大食漢のジェヌインだ。俺が仕留めた魔物をムシャムシャと食べていく。はじめは骨までボギボギと噛《か》み砕く音がキツくて堪《たま》らなかったが、最近ようやく慣れてきた。

そして、日が陰り始めると適当な場所で野営をする。

ジェヌインが居るというのもあるのだろう、レグレスは平気で火もおこすし、仕留めた魔物の肉を串に刺して焼いたりもする。たまに近寄ってくる魔物が居れば、俺の出番だ。

焚《た》き火の前で焼きたての肉にかぶりつく。ミレーが調理をしてくれる時は食べやすい様に気を使ってくれるが、レグレスは魔物の肉を豪快に切り分けて焼く。それこそ本当にマンガ肉みたいな塊を渡される。厚みがある分中がだいぶレア感があるが、齧《かじ》っては焼いて齧っては焼いて、中々楽しめてしまう。

十一階梯に到達した時から、レグレスが少しこの世界のことを深く教えてくれる様になった。こんな話、神殿で聞かれたら抹殺対象になる恐れすらあるから、生徒達にだって言えやしない。だが俺自身が、元来の知的好奇心に負け質問を繰り返してしまっていた。

「モンスターパレードの原因ってなんなんですか？」

「ん～。次元の歪《ゆが》みで俺達がこの世界にやってきたよね？」

「そう聞いていますね」

「先生の精霊もそういう歪みでこの世界に来ちゃったって話もあるよね」

「はい……え？　魔物も？」

「うん、俺達みたいな人間的な生物じゃなく、魔物のいる世界でも歪みが起こらないことを保証することは出来ない訳だ」

「レグレス様。その話は……」

横で話を聞いているミレーが恐る恐るレグレスをたしなめようとする。だがそんな反応にもレグレスは気にしない。

「まあまあ。良いじゃないか」

「しかし……。それでギャロンヌ様は賢者の称号を……」

「んー。そうだねえ。先生。この話はここだけにしておいて頂戴ね」

「え？　聞いちゃって良いんですか⁉」

「そういうのを広めたりしなければ大丈夫だよ。ほら。酒飲み話みたいなもんでさ」

「は、はぁ……」

なんだか教国としては好ましい話ではないようだ。それでも、俺はミレーの顔色を見ながら気になっていたことを聞く。

「そうなると神が自分の世界の人間達を救うために次元の穴をここに繋《つな》げてるって」

「うん。そうだね」

「……嘘《うそ》ってことですか？」

「いや、それは嘘ではない、かな。でもなんでこの世界なんだろうって思わない？　俺はそれを知りたくて色々世界を歩き回っていたんだよね、かなりの間」

「それで、解《わか》ったんですか？」

「自分では確信はしてるよ」

「おお」

「おそらく、神は、別の同じ様な存在と、この世界の覇権争いをしている」

「え？」

「ふふふ。仮説だけどね。魔物が勝つか、人間が勝つか」

覇権争い……。言われてみるとこの世界を人間達と魔物達で切り取り合っているのは分かる。だけど。そんなことがあるのか？　それにそうだとしたら……。

「……じゃあ、僕らは事故じゃなく故意に呼ばれたということですか？」

「いや、それは流石《さすが》に事故だと思う。本当に次元の歪みというのは何らかの原因で起こるというのは嘘じゃないと思うな。俺がこの世界に来たときだって、そんな神の様な特別な力が働いた感じはしなかった」

「そういえば、レグレスさんはこの世界の生まれじゃないって言ってましたもんね」

「うんうん。割とレアな世界からの転移なんだよ。同郷の友に会ったこともないしね」

「へえ」

そう言えば天空神殿でミレーがそんなことを言っていたのを思い出す。数百年に一度開く祠《ほこら》もあるとか。でも転移した時に特別な力を感じられなかったということは、レグレスがやってきた世界は魔法とかが元々ある様な世界なのだろう。

「レグレスさんの世界にも魔法があったんですよね？」

「うん、分かる？」

「神とかの特別な力は感じられなかったと言っていたから」

「そうだねえ。ま、言ってみればあっちの世界で俺は勇者として戦い続けていたしね。それがあったから、転移してきたときにはすでに戦える素養はあったんだよ」

「勇者？」

「そうそう。結構荒れた世界だったからねえ。魔族との戦争も絶えなかったし、物心ついた頃から戦っていたよ」

「この世界とあまり変わらない感じなんですか？」

「変わらないと言えば変わらないけど、神民位譜《しんみんいふ》とか変なシステムはなかったね」

「システムとしてああいうのが存在するって不思議ですよね、階梯《かいてい》だって」

「あ、実は階梯とは呼ばなかったけど、レベルという概念はあったんだよ。うん。この世界の上限の十階梯とは違ってもっと高くまでレベルは上げられるんだけどね」

「へえ。レベルまであったんですね」

「うんうん。ま、今日はもう寝ようか。先生、先に寝てよ。時間を見て起こすから」

「あ、はい。お願いします」

「ごめんねミレーちゃん。ミレーちゃんもほら。与太話だと思って気軽にさ」

「は、はい……」

なんだか真っ青な顔で聞いているミレーが可哀《かわい》そうになってくる。神官という立場でこんな話を聞かされれば、どうして良いのかわからないのだろう。

こうして、レグレスとの会話も重ねながら俺達はドゥードゥルバレーに向かって移動を続けていった。

第十章　また一難

道は順調に進んでいく。街や村の周囲は割と魔物が集まりやすいようでジェヌインは少し街道を外れた森の中を進んでいく。森の中を進めば邪魔な木や葉っぱもあるが、ジェヌインはブルドーザーの様に細い木々なんかは、平気でなぎ倒していく。

やがて上り坂を上がりだす。森から外れ草原になっている所に出たとき、登っている丘に見覚えがあることに気がつく。

たしか、この丘の上で煙が見え、更に進んだところでカートン達に遭遇したんだった。

ということは、だいぶ街に近づいてきているのか。

ジェヌインは足を止めずに一気に丘を登りきり、そのまま下りになる。

下りになるとたんにスピードが上がる。俺はジェヌインの獣具に必死に掴《つか》まる。普段のスピードと違い揺れも大きくなる。振り落とされる恐怖に必死になってしがみついていると、ふと道が平らになった。

……あ、この先は……。

「レグさん。この先の街にハイオークが集落を作っていた所が」

ギャッラルブルーに向かう途中で、レグレスが面倒だからと迂回《うかい》したのを思い出してレグレスに注意をする。向かい風が轟轟《ごうごう》と唸《うな》る中、どうしても大声になってしまう。

「うん。大丈夫だ。ほとんど出払っていると思うから」

「え？　出払ってる？」

「人間達と戦っているのさ」

「それって……」

「うん。君の大事な生徒達も居るからね。でも。それは大丈夫だよ」

大丈夫？　大変なことってコレのことか？　いやでも「それは大丈夫」か……なんだ？　訳がわからない。横を見れば村の壁が見えてくる。俺達は壁を右手にそのまま森の中を進み続ける。そして村の端まで来たとき、すっとレグレスが手綱を操作する。

ザザッ！

森から街道まで出たジェヌインはそのまま道をすすむ。

「この先で戦っているが、先生は抜刀術は禁止で戦ってくれよっ」

「居合無しで行けるんですか？」

「もうなんとかなると思うよっ。それより魔力を温存するほうが大事だから」

「うん。先生が参加しなくても勝てる戦いにはなってるからっ」

レグレスの話の最中にも先の方でドーンといった破裂音などが聞こえる。魔法なども使っての戦いになっているのだろう。やがて人が入り乱れて戦うのが見えてきた。

レグレスは戦いから少し離れた所にジェヌインを止める。

「俺は遠くから見てるから。がんばってね先生」

「え？　レグさん？」

「抜刀は禁止ね。ほら、皆待ってるぜ」

レグレスは何故《なぜ》か参加するつもりもないようだ。目の前で戦っている状態でそれにかまっている暇もない。俺はジェヌインの背中から飛び降りると皆の方に走っていく。

走りながら見ると今までに見たことのない人達が集団の中心になって、魔物を追い詰めているようだ。それとカートン達のときと違うのは、魔法士が揃《そろ》っていることなのだろう。

スペルセスやヤーザック、他にも見たことのない女性の魔法士がいる。

桜木《さくらぎ》も数個の虫眼鏡を頭上に浮かばせ、手数の多い攻撃で魔物を圧倒しているし、妙にイケメンの双剣を使った男は、余裕もありそうで、かなりの実力を感じさせる。

しかし戦いは乱戦になっており、魔物と人間が入り乱れている状態だった。その中で君《きみ》島《じま》もあの薙刀《なぎなた》を振るい懸命に戦っていた。

薙刀という武器はその長さの見た目とは裏腹に接近戦でも抜群の強さを見せる。持ち手をずらし、石突を利用したりしながら縦横無尽の戦い方が出来る。

──まずい。

その時、一匹のハイオークが君島の後ろにつく。しかし君島は目の前のハイオークの攻撃を必死に捌《さば》いていた。俺は必死に走りながら叫ぶ。

「君島！　後ろだ！」

「え？」

まさに間一髪だった。君島は俺の声に後ろからの斬撃に気づき、慌てて避ける。俺はそのまま走りより君島の背に回る。

「遅くなってすまん。一匹は俺が」

「はい！」

俺の姿を見た君島の元気な声にホッとしながら俺は刀をハイオークに向ける。

すでに抜刀した状態での斬撃にどの程度魔力が乗るのだろう。少し不安を感じつつも俺はハイオークへ向かう。

形勢は徐々に人間達に傾いていた。俺はレグレスに言われたことを必死に守り、居合をせずに戦い続けていた。出発前の俺と比べれば六階梯も上がっている。少し不安だったが無事に対応できることに、自分の地力がかなり上がっていることを実感していた。

「本当に来おったな」

「すいません。おまたせしました」

「まあ良《い》い、それにしても随分力を上げたな」

「はい！」

後ろの方でスペルセスがそろそろ大丈夫そうだと魔法を撃つのを止め、話しかけてきた。スペルセスは俺が来ることを知っていたようだ。出発前にレグレスとスペルセスが二人で酒を酌《く》み交わしていたのを思い出す。

「やっぱレグさんが？」

「面白い男だのう」

「すごい人ですよっ！」

俺は興奮気味に答えながら、戦っていると、妙に視線を感じる。

……確かにこんなところで突然現れたら、何者だって思うよな。そんな状況に納得も出来るが、これが済んでから説明をすればいいだろう。

流石に居合を使わないと時間の凝縮も無ければ刀に乗る魔力もギリギリだ。相手の攻撃にヒヤリとしながらも必死に戦う。生徒達はこういった命を削り合う様な戦いをしているのかと考えると、これに比べれば俺の居合は相手に銃を向けてトリガーを引くだけの様な、そんなインチキをしている様な気にもなる。

その中で、居合に近い集中が出来ないかと必死に気持ちを刀に乗せていく。

仁科《にしな》や君島もいる。一対一の構図にならないのも助かる。俺はなんとか生徒達と呼吸を合わせハイオークに対応していた。

◇◇◇

ブライアン達はハイオークの集団を押し付けて自分達は逃げる計画だった。しかし仲間達のミスで逃れるタイミングを逸し、魔物達と戦うことになる。だがそれがかえって良かったかもしれない。このままだと一人も欠けること無く敵を殲滅《せんめつ》してしまう勢いだ。

ブライアンは、自分達三人の前衛が居なければ、押し切られると目論《もくろ》んでいたが、甘く見すぎていた。背中がゾクゾクする様な、ヤバい魔法が飛び交う中、魔物はドンドンとその数を減らしていく。

——くっそ。やはり賢者の魔法はヤバい。こんな田舎でッ！

スペルセスの守護騎士であるマイヌイも響槍姫《きょうそうき》の名に恥じない戦いっぷりだ。ベルガーも自慢の怪力でハイオークを寄せ付けない。後ろからはアムルが余裕を持って魔法を撃つ。流石《さすが》に夫婦での連携が完璧だ。

転移したての子供達も十分に前衛の役目を果たしていた。その中で、大量のレンズを宙に浮かべ光魔法を多角的に敵に当てる姿が圧巻だった。

自分の目的は、天位《てんい》の強奪だった。一癖も二癖もある連中を前に自信が揺らぐ。

――ん？

戦いの中、一頭の騎獣がこっちに向かってくる。何事かと注視していると一人の男が刀を抜き近づいてくる。

「先生！」

男を見た子供達が歓喜の声で迎えている。すぐさまブライアンもそれが、噂《うわさ》の天位だということに気がつく。パペットマザーもチラチラと、男の方を眺めている。

――先に天位の実力が見られるのはラッキーかもしれない。

そう思い、戦いながらも男の様子を横目で見る。だが、おかしい。その男の戦いを見て、皆が違和感を抱く。それはパペットマザーも一緒だった。

――あれが、天位……だと？

確かに太刀筋など洗練された物は感じる。だが刀に纏《まと》われる魔力もそこまで強さを感じなければ、刃速《じんそく》も微妙だ。ハイオークに対しても、他の子供達と連携してなんとか処理している様に思える。

天位の実力も無く、何かの偶然で置き換わりが行われたとしか見えなかった。

それだけに、天位の強奪が可能に思える。

ブライアンは頭の中でひたすら男とサシで戦うための算段を探り始めていた。

戦いながら、周りの面々は途中から現れたシゲトに意識を取られていた。

危なげ無く戦ってはいたが、特段秀《ひい》でた強さを感じられない天位に、戸惑いと同時に野心が芽吹きだす。

やがて、ベンガーの大剣が最後のハイオークにとどめを刺す。

◇◇◇

魔物が討伐され、皆がホッとするはずの場面であったが、場は異様な緊張感に包まれていた。それもこれも、俺がこの場に居ることに端を発していた。

当の俺は抜刀無しで戦えた自分がうれしくて、舞い上がっていた。やがて、何か空気のおかしいことに気が付く。

——な、なんだ？

生徒達の護衛なのかとも思った知らない冒険者達は、戦いが終わってもその臨戦態勢を収めない。ギラギラの闘志を俺に向けていた。

知らない冒険者……。ようやく俺は一つのことに思い当たる。

「彼らは？」

横に居た君島に尋ねる。

「ブライアンさん……あのエルフの様な方は階梯《かいてい》上げにいらっしゃった冒険者で、あちらの夫婦の方は、この先の村が故郷のようで」

「そうか。でもたぶん。俺かな？」

「え？」

「天位が目的だろうね」

「……やっぱり」

「やっぱり？」

「なんとなく、皆そうなのかなって」

そうか。まあ色々と理由をつけても不自然さは有ったんだろうな。それでもレグレスとの階梯上げで自信は付いてきていた。命の駆け引きにもだいぶ麻痺《まひ》してきてしまっているのもあるだろう。これだけの闘志を向けられてもあまり気にならない自分に少し驚く。

ふと視線を感じ、後ろを振り向く。レグレスがあのいつもの「なんでも知っている」そんな笑顔でウィンクをしてくる。

……まったく。それでもあの笑顔を見る限り悪い未来は見えていないのだろうが。

「とりあえず確認させてくれ。あんたがシゲトか？　最近天位になった」

最初に動いたのはエルフの様に耳の尖《とが》った男だ。

「ああ。シゲトは俺の名前だ。何の因果か天位になってしまったようだ」

「実力以上の名声は荷が重いだろう。どうだ？　少し軽くしてやろう」

「いや。まあこのお陰で連邦軍にも就職できたんだ。少し位重くても我慢するさ」

「ふっ……見させてもらったが、やはり天位を名乗るにはまだ早いんじゃないか？　過ぎた名は、寿命を削ってしまうぜ」

「……君の名前は、なんと言ったっけ？」

「ブライアンだ。これから天位になる男だ」

自信満々にブライアンが言い放つ。確かにこの中じゃ抜群にいいセンスをしていた。だが、そんなブライアンの発言に焦《あせ》った様にアムルが噛《か》み付く。

「何言ってるんだ若造が！　天位はうちのベンガーが貰《もら》うんさ！」

「おいおい。何を言ってるんだ？　お前達はこのままディクス村の様子でも見てくればいいじゃねえか。無駄なことに顔を突っ込んでも良いことねえぞ」

「無駄なこと？　ええボケかますんじゃねえ！　見たろう。あんな美味《おい》しい天位、見逃してたまるかってんだ」

美味しい天位とか言われた俺は苦笑いを浮かべるしか出来ない。

俺の困惑をよそにブライアンとアムルの口論もヒートアップする。

「うるせえな。お前パペットマザーだろ？　お前が旦那に天位を取らせてえからって旦那は天位を取りたいなんて思っちゃいねえんだよ。見てみろ。あのやる気のねえ顔をよ！」

「ああ！　若造がっ！　その名であたしを呼ぶんじゃねえ！　しかも人の旦那捕まえてやる気ねえとか言うんじゃないよ。燃やすぞ！」

「おうおう。燃やせるのか？　お前の魔力が高まった瞬間にその首刎《は》ねるぜ」

「ぐっ。おめえはか弱い女性にも刃《やいば》を振るうっていうんか！」

勝手な人達だ。俺と戦うためにこんな口汚く罵り合う。アムルに呼ばれたベンガーがブライアンの前に立ち睨《にら》みを利《き》かせている。その巨体にもブライアンは一歩も引かない。それどころか欲望に満ちた顔で俺に向かって話しかけてくる。

「おう、天位！　お前はどっちとやりたいんだ？」

「いや、別にどっちとも……」

「なあ、悪いことは言わねえ。俺を選べ。俺だったらお前を殺さずに実力だけを提示して置き換わりが出来る様にしてやる。こんな力だけの男にそんな力の加減なんて出来ねえよ」

「ああ!?　うちの旦那だってちゃんと手加減できるわい！」

もう、口論どころの話じゃない。いっそこのまま……。そんな気持ちも湧く。

「とりあえずお前達はここにいろ」

どうなるか分からないが、生徒を戦いに巻き込む訳には行かない。俺は三人から少し離れ、口汚く罵り合うブライアン達の方へ歩む。

「あっ、先生……」

後ろからは俺を止めようとする君島《きみじま》の声が聞こえたが、やはりここは俺がやらないと。

◇◇◇

激しく言い争う冒険者達に皆が気を取られていた時、一人の男がそっと森の中から出てくる。男は自分の気配を完全に殺していた。誰一人気が付かないまま男がスッと重人《しげと》から少し離れた生徒達に向かっていく。ただ、散歩でもしているかの様に。さり気ない異質な行動に皆、気づくことは出来なかった。

いや。唯一人君島だけはずっと感じていた違和感が突如膨れ上がったことに気付いた。反応しハッと振り向いた君島に男がすかさず駆け寄る。

君島が慌てて薙刀《なぎなた》を向けるが、男は軽く払い除《の》けそのまま君島を羽交い締めにした。

◇◇◇

「キャッ」

君島の小さな叫び声に思わず振り向くと、一人の男が君島を後ろから羽交い締めにし喉元にナイフをあてていた。君島も突然のことに顔を恐怖に引きつらせている。

くっそ。よりによって……。

「そこの二人。くだらねえ話は終わりだ」

呟《つぶや》くようだが、魔力の籠もった声は誰の耳にもはっきりと届く。その声だけでそいつが只者《ただもの》ではないことが分かる。

「き、君島！」

「先生……」

気が付かなかったのは俺だけではなかったようだ。あのスペルセスまで焦った様な顔で男を見つめていた。

「それにしてもこの女。俺の気配に気づいたのか？　……まあ良《い》い。その天位は、俺達の物だ。おめえらは諦めろ」

「貴様。　何のつもりだっ！」

「何のつもり？　馬鹿かお前は。単純だろ？　そいつが戦う相手は俺達だという話だ」

「違って……」

その瞬間、森の茂みの中から突然人の気配が現れる。今まで人の気配など全くしていなかったが……。どういうことだ？

そして、森の中から大柄な男が、顔にイヤラシイ笑いを貼り付けて出てきた。

「でかしたぞボーディック！」

大柄な男が嬉《うれ》しそうな顔で言う。君島にナイフを突きつけている男は下卑た顔で応える。

「ああ、後は兄貴の出番だ、俺はコイツで十分楽しむ」

「きゃっ」

「お、おい！　やめろ！」

ボーディックと呼ばれた男がグイッと君島の髪を後ろから引っ張る。君島から声が漏れる。しかし、君島はすぐにグッと口を閉じ、俺を見つめる。

その、強い意志のこもった視線に、君島に突きつけられたナイフにパニックになりかけた俺も、心を静め冷静になる。

……大丈夫。絶対に助ける。

そんな俺達を他所《よそ》に、二人は仲間内で余裕の空気を出し始める。

「おい、君島を放せ！」

「いいぜ。その代わりに、うちの兄貴と戦ってもらうぜ」

「なんだとっ！」

「人気者だなあんた。だが優先順位の問題なら、譲ってもらおう」

その言葉にブライアンが噛み付く。

「勝手なことを言うんじゃねえ！　俺はその子とは関係ないからな。俺は俺でやらせてもらうぜ」

「おい、お前。先にそいつらとやるなら抵抗するなよ。ただ、そのまま殺されろ。抵抗したらこの女は殺す」

「くっ。やめろ！」

「なっ……汚えぞテメエ！」

実際に無抵抗の俺を殺しても天位《てんい》への置き換わりは起こらない。それを知っているブライアンが言葉を無くす。なるほど悔しいが君島を人質に取る意味はあるということだ。

「汚え？　もとからコイツの天位は俺達の物だったんだ」

「！　まさか……」

「そうだ。俺達がディザスターだ」

ボーディックの言葉にブライアンが息を呑《の》む。中年の女性も悔しそうに黙り込む。

くっそ。俺のことはどうでもいい。俺はそんな冒険者達のことよりナイフを突きつけられた君島の目を見つめる。

「先生。私は大丈夫ですから」

君島は未《いま》だに冷静に、俺を見つめている。

何かあるのか……？

探る様に辺りに目を走らせる。仁科《にしな》と桜木《さくらぎ》も至って冷静に何かを待っている感じだ。

やはり三人の共通の何かがあるのだろうか。

君島はナイフを喉にあてられ少し顔色を悪くしながらも気丈に俺を見つめていた。

でもこれは俺から離れれば巻き込まれないと読みを誤った俺のせいだ。駄目だ……。君島に傷なんてつけられない。

俺は深く深呼吸をして心を落ち着かせる。

「わ、解《わか》った。解ったから止《や》めてくれ。その男とやれば良いんだろッ！」

「ああ、元々は置き換わりなんて俺達は求めてなかったんだがな。そのまま無抵抗で死んでもらうつもりだったんだが……」

「何を、言ってる？」

「兄貴のランキングは七十三位だ。お前を殺した所で置き換わりなんて起きねえ」

「なっ……」

「俺達の目的は、カートン兄の敵を取ることさ」

なるほど。置き換わりを盾にやりようがあると踏んでいた俺だったが、これは厳しい。

ディザスターの目的は俺を殺すことなのだから。

背中を嫌な汗が流れる。

「と……。さっきまではそのつもりだったんだがな」

「？」

「お前を見ていて分かった。俺が天位を貰うことにする。良いだろ？　兄貴」

ボーディックは後ろを振り向き、ゴードンを見る。

「……そうだな。ディザスターは二人の天位を持つことで絶対的な地位をもぎ取った」

ゴードンも俺の戦いを見てそう思ったのだろう。このボーディックという男も相当な実力を持つようだ。しかし天位が欲しいならこの状況の勝ち筋も見える。

「ということだ。チャンスだろ？　くっくっく。本気でやらないとな」

「ああ、解ってる。だが……死んでも文句は言うなよ」

「死ぬ？　ぎゃはははは！　馬鹿かおめえはよっ！　たまたま天位になったからって調子乗るんじゃねえよ！　お前の実力はちゃんと見せてもらったぜ。万が一にも俺やゴードンの兄貴に勝てるなんてことはねえ」

実力……そう。コイツ等《ら》も居合を使わずにハイオークと戦っていた俺を見て、行けると踏んだんだ。きっとレグレスはこのことを分かっていたのだろう。君島を人質に抵抗するなと言われる訳ではない。むしろ本気で抵抗しろということだ。

——だが……俺がコイツを殺したら君島は……。

ふと仁科と桜木に目を向ける。

二人は、まだじっと君島を見つめている。やはり助ける算段を考えているに違いない。

「兄貴、この美人を傷つけないでくれよ」

「ああ分かってる。はっはっは。悪いな！」

ゴードンがすでに勝利を確信した顔でボーディックと代わろうと、君島に向かって歩いてくる。俺はすでに気持ちはいつでも抜ける様に刀に意識を集中させている。

「まあ、精々あがけ。それにしても弟は何故《なぜ》こんなやつに」

「弟？」

「カートンのことだ。忘れたとは言わせねえぜ」

「……あれは、あいつの自業自得《じごうじとく》だ」

「ふざけるな！　カートンはまだまだランキングを駆け上る逸材だったんだ。お前なんかに殺《や》られるなんてことがあってはならなかったんだ！」

俺とゴードンの会話に周りの意識が集まる。だが、俺の意識は君島に集中していた。それは仁科も、桜木も、そして君島本人も同じだった。

その時、君島の腕のリングの様な物がもぞもぞとしたと思うと、少しずつツタが伸び始める。ボーディックは俺との戦いに意識が向いているのか全く気がついていない。……なるほど。これか。

近づいてくるゴードンにボーディックが振り向いた時、君島のツタが勢いよくナイフを持つボーディックの腕に絡《から》まる。

「なっ！　貴様！」

すぐにそれが君島《きみじま》の抵抗だと気がつくがボーディックの腕は君島の魔力のこもったツタで固められる。

「なめるな！」

さすがは歴戦の冒険者だ。すぐに右手のナイフを手放し下の左手でキャッチをしようとする。

が。

桜木のレーザーの様な魔法がナイフを掴《つか》もうとした左手を射抜く。

「ぐっ」

その流れを、圧縮された時間の中で俺はつぶさに把握していた。同時に俺の体も動き出している。スローモーションの様にナイフが地面に向けて落ちていく。俺の足は大地を掴み、そして蹴り出す。

許さねえ。

ゴードンのことなど二の次だ。俺の持つ。俺の出来る。最速の刃。

流石《さすが》に桜木の光魔法は速い。俺の初動と同じスピードでボーディックの腕を撃ち抜く。

ゆっくりと、ボーディックの顔が痛みに歪《ゆが》んでいく。

一歩。二歩。三歩目で重い空気の層が俺の邪魔をする。それを突き抜けたとき、俺を邪魔する物は無くなる。パンッ！　という音とともに俺は君島の横をすり抜け、振り向きざまに剣を抜く。

そのスピードは、些細《ささい》な抵抗感を残し振り抜かれる。

剣を鞘《さや》に収めながら、軽くなったボーディックの体を左手でつかみ君島から引き離す様に引っ張る。その勢いでバランスの崩れた君島をぐっと抱き寄せた。

「すまん……」

「何を言ってるんですか。窮地を王子様に救ってもらうのは、女の子の夢ですよ？」

「いやあ、王子じゃないぞ？」

「ふふふ」

俺は君島の肩を抱き、グッとゴードンを睨《にら》みつけた。

誰もが皆、目の前で起きたことを理解するまでに時間が必要だったのだろう。

今のほんの一瞬の出来事についていけたのは、おそらくレグレスくらいか。天位であるゴードンですら、何が起こったのか分からずに呆《ほう》けた様に俺を見つめていた。

目の前で土煙の上がったその刹那、破裂音と共に、義兄弟の首が弾《はじ》け飛ぶ。

グッと君島を支えている俺を前に、皆が皆、声をなくしていた。

「な、な、な……ふざけるな！」

俺は、やっとの思いで声を絞り出したゴードンを一瞥《いちべつ》する。

「ごめん、もうちょっと待ってくれ」

そう言いながら、君島を離し、俺はゴードンに向かって歩き出す。ブライアンとアムルがその場から後ずさりをしていた。この二人はもう問題ないだろう。あとはコイツ等だ。

気を静めながら、左手で刀の鞘を抑える。それを見たゴードンがビクッと体を緊張させるのが分かる。だが、心は完全には折れていない。

おそらくこういう奴《やつ》らは、生き残ればまた生徒を危険な目に引きずり込む。やるなら、やらないと駄目だろう。気持ちいい物ではないが、後で嫌な気持ちを味わうよりは良《い》い。

「ふざけてるのはお前らだろ？」

「な、なんだと？」

「まあいい。お前を殺せば俺はまたランキングが上がるんだな？　本気でやってくれよ」

「貴様……。俺に勝てると思ってるのか？」

「その為《ため》に階梯《かいてい》を上げてきたんだ。いいぜお前から先に動いて」

ゴードンの間合いに入ると、腰を落とし抜刀の構えを取る。殺気も隠さない。

「後悔するなよ」

先程の俺の抜刀に飲まれていたゴードンだったが、すぐにその気持ちを立て直していた。

ぐっと俺を睨みつけながら何やら魔力を練り始める。

バギッ。バギッ。

何だ？

ゴードンが魔力を練るとその全身がまたたく間に岩石の様な鎧《よろい》に包まれていく。その非現実的な現象に俺はあっけにとられる。

「魔装か……」

ヤーザックがつぶやく。

「……魔装？」

「その通り。魔装だ。俺にこれをやらせて生き残ったやつは居ねえ」

ゴードンはすでに勝ったかの様に俺を見つめる。

「お前の速さは分かった……。だがそれだけだ」

「くっ……」

岩なら斬れる自信はある。しかしゴードンが身にまとう鎧は分厚い魔力をまとっていた。

その威圧的な姿に思わず後退《あとずさ》りしかける自分に気がつく。

――駄目だ。引くな。

「先に動いて良いんだったな」

ゴードンは言うや否《いな》や手に持つ戦斧《せんぷ》を振り上げる。集中の中に居る俺にもスピードを感じさせる速さだが、問題なく合わせられる。

グッと重心を下げ一歩前に出る。振り下ろされる腕に向け俺は一気に抜刀する。

ガガガッ！

――斬れない！

完璧なタイミングで振り上げた俺の刀はゴードンの両手を覆う魔装を断つことが出来ない。俺の刀の勢いにゴードンの腕が跳ね上がりベクトルがずれる。岩石を削りながらも滑る様に俺の刃は流れた。

――くっ。

俺は後ろに飛び、再び間合いを取りながら納刀する。

「くっくっく。硬えだろ。俺の魔装は！」

俺の抜刀を耐えたことにゴードンがまるで勝ったかの様に笑みを浮かべる。

……なんだ？　刀をずらされた？

「先生……」

そんな俺の耳に君島の心配する声が聞こえた。

……そうだ。俺が負けたら君島だって。

気圧《けお》された心を再び君島の声が奮い立たせる。ちらっとレグレスを見ればレグレスは笑みをたたえたまま俺を見ている。

――そうだったな。斬れないものを斬る必要はない。


「それでも俺の魔装にこれだけ傷をつけるとはな。正直驚いた」

ゴードンは勝ち誇った様に声を上げる。先程の俺のスピードに驚いていたゴードンだが今は少し興奮した様にその言葉を繋《つな》げる。

「知ってるか？　岩には目というのがある」

「……目？」

「切れやすく、割れやすい面と、硬い面だ。その目を組合すことで俺の魔装は出来ている」

天位《てんい》同士の戦いなど殆《ほとん》ど起こることはないと言われている。それだけにゴードンも気が高ぶり饒舌《じょうぜつ》になっていた。

そんなゴードンとは対照的に、俺の心は静かに冷たく沈んでいく。

「刃というのはな、進みやすい方に進む特性がある。俺はその石目を組んで刃の流れを制限させる。たとえカートンを斬れたとしても、お前の刃は俺には——。ぐぁ！」

ガガン！　ゴードンの胸の辺りの岩石が弾ける。

「少し黙れ」

「がはっ！」

俺はすでに刀を納刀し、次の抜刀に向け集中している。ゴードンは胸を突かれたたらを踏みながら咽《む》せた様な声を上げる。

……斬れないなら斬れないで良い。硬いなら硬いなりの対応をするだけだ。

斬撃は見ての通り線で相手を斬る。その為に刃は細ければ細いほどその斬れ味がます。当然のことだ。その線がさらに点になれば……。その穿通力《せんつう》は何倍にも膨れ上がる。

簡単なことだ。

胸を強打され呼吸が抑制されたゴードンは欠けた魔装を修正するほどの集中が出来ていない。そこに俺はさらに連撃をくわえる。

菊水景光流《きくすいけいこうりゅう》　流穿《りゅうが》

壁の向こうに潜む敵を攻撃するために編み出されたという菊水景光流の奥義《おうぎ》。

抜刀はそのスピードを生かすために斬撃が基本となる。鞘から最後に抜かれる剣先を突きとして抜刀術で行うのは非効率となる。その無駄を可能な限り削《そ》ぎ落とし、刃の方向転換の力を前へのベクトルに移す。一つの抜刀術として昇華させた技だ。

そして抜刀時にグッと鞘を後ろに引いた左手は、刃の解放と共に刀の柄頭《つかがしら》を叩《たた》く様に押す。二段の衝撃が相手を襲う。

ギャッラルブルーでようやく完成させた技だ。

迅雷のスピードで突かれる突きは一分の狂いもなく一点に収束される。先程突いたゴードンの胸の鎧は二撃目で完全にはがれていた。

「ゴホッ。ま、まて……」

速やかに納刀した俺はその集中を切ることなくゴードンを見据える。突きの衝撃に抗《あらが》い

何とか言葉を発したゴードンに、俺は返事をすることなく三度《みたび》流穿を解き放つ。

乖離《かいり》する時間の中。超速の刃が真《ま》っ直《す》ぐにゴードンに向かう。その軌道を見れた者は果たしてどれほど居たのだろう。もはや邪魔する魔装などない。剣先が流れる流星となり、ゴードンの心臓に吸い込まれていく。

何も出来ず命を絶たれたゴードンは憤怒《ふんぬ》の表情のまま、膝から崩れ落ちていく。

「ふぅ……」

間延びした時間軸がもとに戻っていく。しかし誰一人口を開かない。

「君島《きみじま》？」

「え？　あ。先生」

「大丈夫か？」

「は、はい……大丈夫です」

見回せば、俺の抜刀を知っているスペルセスやマイヌイですら、あっけにとられて俺を見つめていた。

「お、終わりました……」

「あ、ああ……。大したもんだな。これでお主の天位の名は落ち着いてくれるだろう」

そうつぶやいたスペルセスがジロリとブライアン達に目を向ける。

「でお前らも挑戦するのか？」

「や、お、俺達は……なあ？」

「あ、ああ。階梯上げに、来ただけ、だしな」

「お、おう。そうとも」

ブライアン達も心は完全に折れていた。それはそうだ。動きも捉えられないレベルの相手に戦いを挑むなんてことはしない。自分の命は自分達で守る。それが冒険者達の本能とも言える習性だ。

プライドで生きようとすれば、早死する。そういう世界だろう。

当然アムルも柔和な笑みをこぼしながら、「どれ、ディクス村を見に行こうか」などと言い始めていた。

俺はそれを見ながら、全てがレグレスにお膳立てされていたことに舌を巻く。

三度目とはいえ、やはり人を斬るのには抵抗がない訳じゃない。仁科《にしな》と桜木《さくらぎ》は、初めて人が死ぬ所を見たかもしれない。そう思いフォローをしようとするが、二人とも思いの外しっかりしていた。

「悪いな。目の前で人を殺してしまったが……。大丈夫か？」

「あれだけ魔物を殺して血を見たんです。完全に平気じゃないですが、思ったほどでは」

「そうか。夢中でお前達のことをあまり考えられなくて申し訳ないな」

「気にしないでくださいよ。先生は君島先輩のことだけ考えていれば良いんですから」

「ちょっ。何を！」

仁科は舌を出し笑いながら離れていく。ハイオークの魔石を取り出していた州兵達に手伝いますと近づいていった。

「先生！」

殺伐とした空気が緩む中、君島が小走りに向かってくる。向かってきた君島はそのまま俺に抱きついてきた。俺は君島が無事であったことに心底ホッとしているのもあり、思わず君島をグッと抱きしめる。

「良かった……」

「ありがとう、ございます」

「本当に……。良かった……」

思わず目から涙がこぼれる。そんな顔を生徒達に見られたくない俺は、しばらくそのまま君島の肩に顔をうずめていた。

君島の腕に込められた力も、強く、俺を支えてくれていた。

73位

クスノキ　シゲト

【守護】　オリエント

【階梯《かいてい》】　十一

【異界スキル】　菊水景光流『皆伝位《かいでんい》』　集中

第十一章　終章

――リガーランド共和国

ベドナーの街の冒険者ギルドはいつにもましてガヤガヤとざわめいていた。辻《つじ》は、近くに居た顔見知りの冒険者に声を掛けた。

「ん？　どうしたんだ？」

「おう、そういえばあのシゲトって天位はお前らの知り合いって言ってたな」

「ん？　ああ。そうだが……。どうしたんだ？　まさか――」

「とんでもねえな。今度はゴードンを堕《お》としやがった」

「なに？」

辻が振り向くと、じっと辻を見つめる堂本《どうもと》と目が合う。堂本は表情も変えずに黙ったまま辻を見返していた。

「おい、堂本っ」

「ああ。聞いている……」

堂本達もゴードンのことは知っている。ディザスターの拠点はこの街とは別の街ではあったが、同じ共和国内で冒険者をやっていれば噂《うわさ》は嫌という程聞かされていた。

その強さ。残虐性。

カートンが天堕《お》ちした時に、冒険者達は必ず復讐《ふくしゅう》に動くだろうと言っていた話も。

「……良かったじゃないか。心配していただろ？　お前達だって」

「そりゃ……。君島達も一緒に居るんだろ？　心配はしていたが……」

「面白いな。転移時の年齢も、守護精霊も、楠木《くすのき》には秀《ひい》でた物がないはずなのにな」

「ああ……。一体どうなってるんだ」

「分からない。が。俺達は俺達のやることをやるだけだ」

◇◇◇

――グレンバーレン王朝・シュメール

城の訓練室で池田智紀《いけだともき》は剣を構え、荒く息をしていた。一方向かい合う様に立つ女性は対照的に涼しげで、その美しい口元には笑みすら浮かべてきた。

女性の名はアルタデナ。池田と同じディルムン騎士団に属する天位《てんい》の一人だった。そして池田の指導を任されている女性だった。

「トモキ。何を焦《あせ》っている」

「あ、焦ってはないですが……」

池田は言うが、アルタデナから見てどう考えてもいつもの池田ではない。普段は年齢に見合わない冷静な青年である池田が、今日はがむしゃらに訓練に身を投じていた。

「……シゲト。のことか？」

「え？」

ディルムン騎士団はこの世界で最古から存在し、そして最強の騎士団として知られていた。その為《ため》格式も求められ、この世界の歴史から礼儀作法、更にはダンスまで池田の日々のカリキュラムに組み込まれていた。それもあり階梯上げの為の魔物狩りなどはたまにしかやらせてもらえていなかった。

——皆は、どこまで強くなったんだろうか。

天空神殿で堂本達は階梯を上げるために冒険者となり、魔物との戦いをどんどんとこなしていく計画を立てていた。

その中で、重人《しげと》が再び天堕ちを成し遂げ、ランキングを更に駆け上がった。当然焦るのは仕方ないことだった。

「焦るな。お前はまだ若い」

「わかってはいますが……」

「我々のやり方を信じろ。お前はまだまだ強くなる」

「……はい」

「千年にも及ぶディルムン騎士団のやり方をな」

自信に満ちたアルタデナの表情を見つめながら、次第に池田は平静を取り戻していく。

――そうだ。この人達の強さを見ろ……。信じなきゃ。

池田の表情の変化を見て取ったアルタデナは「もう大丈夫だ」、とニヤリと笑う。

この子の未来は、輝いている。と。

◇◇◇

無事に街に戻った俺達は真っ先に共同浴場に向かう。ヤーザックは突然街から出かけたため仕事が溜《た》まっていたようだ。ストローマンに捕まり詰所に引っ張られていく。

俺のレグレスとの強化合宿は終わったが、スペルセスとマイヌイによる生徒達の特訓はまだ終わらない。とりあえず七階梯になるまで特訓に付き合ってくれるようだ。

この世界の階梯は、俺達の世界のゲームの中のレベルと違い、十階梯と上限がかなり少ない。それでも、一階梯上がった時の能力の上がり幅はかなりの物なのだが。

その中で八階梯以降は特に上がり方がかなり渋いらしい。命を削った戦いをするリスクなどもあり、そのくらいの階梯で止める者も多いという。

レグレスは、以前の様にまた、スペルセスと一晩酒を酌《く》み交わし、次の日には「じゃあ、また会おう」とあっさりと帰ろうとする。

「ちょっ！　レグさん！」

ジェヌインの背中に揺られ出発しようとするレグレスに慌てて声を掛ける。

「どうしたんだい？」

「あ、あの……色々ありがとうございます」

「俺が楽しんでるんだから気にしないでよ」

「だけど、ホントに助かりました」

「うん、先生もユヅキとの関係をちゃんとハッキリするんだよ？」

「なっ！」

突然君島《きみじま》の名前を出され、俺は思わず口ごもる。その横で君島が嬉《うれ》しそうに「大丈夫です！」と答えながら俺の腕をギュッと抱える。俺は固まったまま必死で笑顔を作る。

「これから、どこへ行くんですか？」

「う～ん。聖極《せいきょく》の守護を持つ子が現れたっていうから、見に行ってみようかなって」

「聖極？　って。堂本！」

「そう、ドウモトキョウヘイ。彼も面白そうだよね」

「あの！　なんていうか。堂本に会ったらよろしくおねがいします！」

「ん。まあ、あまり当てにしないでね」

「それでも。レグさんなら……」

俺が応えると、レグレスは少し困った様に頭をかきながら俺達を見渡す。

「まいったなあ。そんなんじゃないんだけどなあ、うん。まあ気にかけてみるよ」

「はい！」

レグレスはそう応えると、ジェヌインを進ませる。

メラが、君島の肩の上で「ピーッ」と鳴くと、ジェヌインの大きいお尻が揺れ尻尾がぐるぐると回る。ディクス村からの帰り道、メラがジェヌインの頭の上を気に入ってずっと乗っていただけに、何か友情的な物が芽生えたのだろうか。

その上に乗ったレグレスは一度手を振るとあとは振り向かず、やがて見えなくなった。

ブライアン達や、アムル等もすでに街から出てそれぞれの場所に向かって帰っている。

スペルセスが言うには、ああいう冒険者が俺の情報を広めることで、天位の置き換わりを狙った冒険者が減るきっかけになるらしい。

「だ、大丈夫だ。ちゃんとお前の強さは広める。なあ？」

「お、おう。俺達は階梯上げに来ただけで、たまたまそういう場面を見ただけだけどな」

「そ、そう。階梯。そうだ。階梯上げに来たんだもんな」

苦しそうに言うトライデントの面々だったが、ブライアンはかなり上位であることもあり、その言葉はきっちり広まるだろう。

特にディザスターを全滅させたこと、そこらへんは大きいという。

俺としても、無駄な戦いはしたくはない。そういう流れになるなら願ったり叶《かな》ったりだ。

そしてミレーも村の教会の話をまとめ終わり、再び天空神殿へ帰る日が来た。帰りに連邦国の首都にある聖堂で教会建設を進める手続きをしていくらしい。

「それでは……私も」

この世界の各国の聖堂には転移を受け入れる魔法陣があるために、来るのは楽だが、送る側の魔法陣は天空神殿とウィルブランド教国にあるエンビリオン大聖堂にしかない。帰りは大変のようだ。

わざわざ謝罪のために来てくれたことにむしろ申し訳なく感じる。

「シゲトさん。あのことはしばらく私の心の中にしまっておきます。安心してください」

「すいません。助かります」

「いえ……。シゲトさんにはこの世界を楽しんでいただきたいですし」

恐らく俺の階梯《かいてい》のことは神官であるミレーにとっても色々な問題があるのだろう。レグレスの頼みもあるのだろうが、それでも俺には好意的に接してくれていた。

「先生……。あのことって？」

「え？」

俺とミレーの話を聞いていた君島が俺に尋ねる。何か顔は笑っているが……。目が笑っていない。俺はなんとも言えない圧に後ずさりをする。

「それは私とシゲトさんの秘密です」

そんな君島の火にミレーが油を注ぐ様な発言をする。

「ちょっ。ミレーさん！」

「ふふふ」

「だから違うって！」

「先生！」

◇◇◇

それから一ヶ月ほどで、ビトーの宿屋の修繕が終わり、俺達は四人で引っ越しをした。

州軍の仕事として定期的に街の周りや、街道周りの魔物を間引かないとならないのだが、今三人は、スペルセスとマイヌイの訓練をひたすら繰り返す日々だ。

俺も連邦軍所属だが、州軍預かりということで他の州兵達と一緒に間引き作業にも参加する。今度道路補修の作業を教えてもらえるということで、それは楽しみだ。

ビトーは、はじめは俺達がやってきたことに随分緊張をしていたが、少しずつ慣れてくると、会話もする様になる。

俺としてはかなりこの子を気にしていたので、少しずつ子供っぽい顔を見せ始めるビトーにホッとしていた。今は、下宿屋の管理人として、朝食くらいは作れる様にと料理を教えている。一人暮らしの経験のある俺が簡単な料理などの手ほどきをする感じだ。

「先生のおかげです。また先生に助けられてしまいましたね」

「まあ、俺のせいで巻き込んでしまったというのもあるしな」

そう言うと、君島は口を尖《とが》らせ不満げな顔をする。

「何を言ってるんですか。更にもとを辿《たど》れば、私を助けに来てくれたから、先生は天位に成ってしまったんです」

「ん？　まあ、それはそうだが……」

「早く私も強くなって、先生の守護騎士として頑張らないと。ですからっ！」

「守護……か」

「ずっと一緒ですからね」

そう微笑《ほほえ》む君島に、そろそろ抗《あらが》えなくなってきている自分を感じていた。

あとがき

最初にこの本を手に取って読んで頂いた読者様。それから、制作に携わって頂いた、編集様、イラストレーターの東西《とうざい》様、校正者様、もろもろの方に感謝の意を。

一巻で何とか生徒を助けた主人公。割と熱量の高い作品に仕上がったと思うのですが、じゃあその次にどうするのか。ここが自分の悩むところでした。

当然主人公達も突然見知らぬ異世界に放り込まれたのです。まずこの世界に馴染《なじ》んでいかなければならないだろうと。そう言う話を書こうと思ったんですね。でもそうするとスローライフ物のようにまったりとした展開になってしまう。おそらくこの本を手に取る読者様はもっと熱いバトル物が読みたいんじゃないか。そこらへんは担当の林《はやし》君からも指摘され、色々と悩んだものです。

ああでもないこうでもないと、無駄な描写、多すぎる登場人物、睡眠時間、心、大事な何か。そんな色んなものを削ってシャープに仕上げ。それでいて単調にならぬよう話の奥行きは足していく。

そして最後のクライマックスに向けて、一癖も二癖もある様々な登場人物達のエゴや思いが複雑にぶつかり合い、混迷していく中を重人《しげと》の居合が一閃《いっせん》する流れは、複雑で味わい深い武俠《ぶきょう》小説の雰囲気を少しでも表現できたら、と考えながら仕上げてみました。

今回も編集の林君と共に、楽しんで執筆をさせて頂きました。同じように読者様も楽しめたと思ってくださったなら幸いです。

この本が皆様のお手元に届くころにはおそらくコミカライズの方もスタートしていると思います。そちらも一緒に楽しんで頂けたらと思います。

今回のあとがきは、ちょっと短めになってしまいましたが、願わくばまたこういった形で皆様とお会いしたいですね。

逆霧《さかさぎり》

お便りはこちらまで

〒一〇二－八一七七
ファンタジア文庫編集部気付
逆霧（様）宛
東西（様）宛

富士見ファンタジア文庫

最強《さいきょう》ランキングがある異世界《いせかい》に生徒《せいと》たちと集団転移《しゅうだんてんい》した高校教師《こうこうきょうし》の俺《おれ》、モブから剣聖《けんせい》へと成《な》り上《あ》がる2

令和6年1月20日　初版発行

著者――逆霧《さかさぎり》

発行者――山下直久

発　行――株式会社KADOKAWA
〒102-8177
東京都千代田区富士見2-13-3
0570-002-301（ナビダイヤル）

印刷所――株式会社暁印刷

製本所――本間製本株式会社

※定価はカバーに表示してあります。
●お問い合わせ
https://www.kadokawa.co.jp/（「お問い合わせ」へお進みください）
※内容によっては、お答えできない場合があります。
※サポートは日本国内のみとさせていただきます。
※Japanese text only

ISBN978-4-04-075268-6 C0193 ◇◇◇

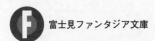

天上優夜《てんじょうゆうや》
異世界で
レベルアップした結果、
最強の身体能力を
手に入れた少年
この少年
すべてが
シリーズ好評発売中！

チートすぎる

異世界でチート能力《スキル》を手にした俺は、現実世界をも無双する

～レベルアップは人生を変えた～

I got a cheat ability in a different world, and became extraordinary even in the real world.

著：美紅
イラスト：桑島黎音

幼い頃から酷い虐めを受けてきた少年が開いたのは『異世界への扉』だった！ 初めて異世界を訪れた者として、チート級の能力を手にした彼は、レベルアップを重ね……最強の身体能力を持った完全無欠な少年へと生まれ変わった！ 彼は、2つの世界を行き来できる扉を通して、現実世界にも旋風を巻き起こし――!? 異世界×現実世界。レベルアップした少年は2つの世界を無双する！

ファンタジア文庫

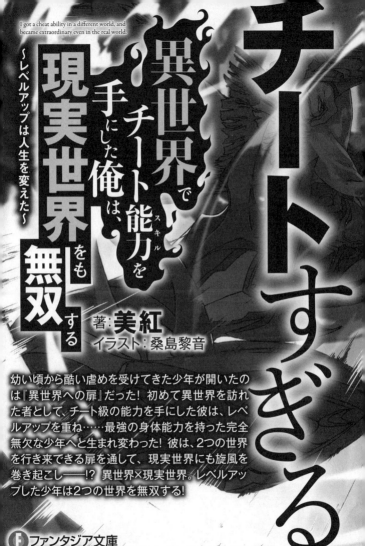

切り拓け！キミだけの王道
ファンタジア大賞
原稿募集中！
賞金
《大賞》300万円
《金賞》50万円
《銀賞》30万円
選考委員
細音啓「キミと僕の最後の戦場、あるいは世界が始まる聖戦」
橘公司「デート・ア・ライブ」
羊太郎「ロクでなし魔術講師と禁忌教典《アカシックレコード》」
ファンタジア文庫編集長
前期締切 8月末日
後期締切 2月末日
公式サイトはこちら！ https://www.fantasiataisho.com/
イラスト／つなこ、猫鍋蒼、三嶋くろね